Diogenes Taschenbuch 21295

D1574403

Georges Simenon

Maigret und der Samstagsklient

Roman
Deutsch von
Angelika Hildebrandt-Essig

Diogenes

Titel der Originalausgabe:
›Maigret et le client du samedi‹
Copyright © 1963 by Georges Simenon
Eine erste deutsche Übersetzung erschien 1963
unter dem Titel ›Maigret und sein Sonnabendbesucher‹.
Umschlagzeichnung von
Hans Höfliger

Manche Bilder prägen sich ein, bleiben hartnäckig in unserem Gedächtnis haften, grundlos, ohne unser Zutun, und uns wird kaum bewußt, daß wir sie registriert haben, so unwichtig erscheinen sie. Maigret sollte noch Jahre später Minute für Minute, Geste für Geste jenes ereignislosen Spätnachmittags am Quai des Orfèvres rekonstruieren können.

Da war zum Beispiel die Uhr aus schwarzem Marmor, mit bronzenen Verzierungen, auf die sein Blick gefallen war, als sie sechs Uhr achtzehn anzeigte, was bedeutete, daß es kurz nach halb sieben war. In zehn weiteren Büros der Kriminalpolizei, beim Chef wie in den anderen Abteilungen, standen die gleichen Uhren, alle waren sie von passenden Kerzenhaltern eingefaßt und alle gingen sie seit Menschengedenken nach.

Warum fiel ihm das heute auf und nicht an irgendeinem anderen Tag? Einen Augenblick lang fragte er sich, wie vielen anderen Behörden und Ministerien jener F. Ledent, dessen Name in prächtiger Kursivschrift auf dem fahlen Zifferblatt prangte, einstmals einen Posten dieser Uhren geliefert hatte, und wie viele heimliche Absprachen, Intrigen und Bestechungsaffären einem so wichtigen Geschäft vorausgegangen sein mochten.

Nach seinen Uhren zu urteilen, war F. Ledent nun

schon mehr als fünfzig Jahre tot, vielleicht schon hundert.

Die Lampe mit dem grünen Schirm war eingeschaltet, denn es war Januar. Auch sie glich aufs Haar den Lampen in den anderen Räumen des Gebäudes.

Lucas stand neben Maigret und schob die Unterlagen, die dieser ihm nacheinander gereicht hatte, in einen gelblichen Aktendeckel.

»Soll ich Janvier im Crillon lassen?«

»Nicht allzu lange. Schicke heute abend jemand hin, der ihn ablöst.«

Es waren wieder einmal einige kurz aufeinander folgende Schmuckdiebstähle in den Luxushotels der Champs-Elysées begangen worden. Deshalb ließ man sie unauffällig überwachen.

Mechanisch drückte Maigret auf einen Knopf. Gleich darauf öffnete Joseph, der Bürodiener, die Tür.

»Niemand mehr da für mich?« fragte der Kommissar.

»Nur noch die Verrückte...«

Also nichts Wichtiges. Schon seit Monaten kam sie jede Woche zwei oder drei Mal in das Gebäude am Quai des Orfèvres. Ohne ein Wort zu sagen, schlüpfte sie in den Warteraum und begann zu stricken. Nie meldete sie sich an. Am ersten Tag hatte Joseph sie gefragt, wen sie zu sehen wünsche. Sie hatte ihn schelmisch angelächelt, fast ein wenig spöttisch, und hatte geantwortet:

»Kommissar Maigret wird mich rufen, wenn er mich braucht...«

Joseph hatte ihr ein Anmeldeformular gegeben, das

6

sie mit der gestochenen Schrift der einstigen Klosterschülerin ausgefüllt hatte. Ihr Name war Clémentine Pholien, sie wohnte in der Rue Lamark.

An jenem Tag hatte der Kommissar sie durch Joseph hereinführen lassen.

»Sind Sie vorgeladen?«

»Kommissar Maigret weiß Bescheid.«

»Hat er Ihnen eine Vorladung geschickt?«

Sie war klein und zierlich, trotz ihres Alters. Lächelnd antwortete sie:

»Ich brauche keine Vorladung.«

»Wollen Sie ihm etwas sagen?«

»Vielleicht.«

»Im Augenblick ist er sehr beschäftigt.«

»Das macht nichts. Ich werde warten.«

Sie hatte bis sieben Uhr abends gewartet und war dann gegangen. Einige Tage später war sie wieder erschienen, mit demselben malvenfarbenen Hut, demselben Strickzeug. Und sie hatte sich wie immer in das Wartezimmer mit der Glaswand gesetzt.

Man hatte für alle Fälle Erkundigungen eingezogen. Sie hatte lange Zeit ein Kurzwarengeschäft auf dem Montmartre geführt, und sie bezog eine ansehnliche Rente. Ihre Neffen und Nichten hatten mehrmals versucht, sie in einer Anstalt unterzubringen. Doch man hatte sie jedesmal mit der Begründung, sie sei völlig harmlos, wieder nach Hause geschickt.

Wo hatte sie Maigrets Namen aufgeschnappt? Sie konnte ihn nicht vom Sehen kennen, denn er war mehrmals vor der Glaswand vorbeigegangen, als sie dasaß, und sie hatte ihn nicht erkannt.

7

»Nun gut, Lucas, machen wir Schluß!«

Sie machten heute früh Schluß, besonders für einen Samstag. Der Kommissar stopfte sich eine Pfeife und holte Mantel, Hut und Schal aus dem Schrank.

Er ging vor der Glaswand vorbei und wendete dabei vorsichtshalber sein Gesicht ab. Im Hof sah er den gelblichen Nebel, der sich am Nachmittag auf Paris herabgesenkt hatte.

Nichts trieb ihn zur Eile an. Mit hochgeschlagenem Mantelkragen, die Hände in den Taschen, ging er um den Justizpalast herum, unter der großen Uhr hindurch, zum Pont-au-Change. Auf der Mitte der Brücke hatte er plötzlich das Gefühl, es folge ihm jemand, und er drehte sich rasch um. In beide Richtungen gingen zahlreiche Fußgänger. Fast alle gingen schnell, weil es kalt war. Er war fast sicher, daß ein dunkel gekleideter Mann etwa zehn Meter von ihm entfernt plötzlich kehrtmachte.

Er nahm es nicht weiter wichtig. Außerdem konnte er sich getäuscht haben.

Einige Minuten später wartete er an der Place du Chatelet auf seinen Bus. Er fand einen Platz auf der Plattform, wo er seine Pfeife weiterrauchen konnte. Schmeckte sie anders als sonst? Er hätte es schwören mögen. Vielleicht lag es am Nebel und an der Luft. Ein sehr angenehmer Geschmack.

Er dachte an nichts Bestimmtes, träumte vor sich hin und betrachtete die Köpfe seiner Nachbarn, die im Fahrtrhythmus hin- und herschaukelten.

Dann ging er zu Fuß weiter, über den fast menschenleeren Boulevard Richard-Lenoir. Von weitem schon sah er die Lichter in seiner Wohnung. Er stieg die vertraute Treppe hinauf, sah die Lichtstreifen unter den Türen, hörte gedämpfte Stimmen und Radiomusik.

Wie gewöhnlich wurde die Tür geöffnet, noch bevor er den Klingelknopf berührt hatte. Madame Maigret stand im Gegenlicht und legte geheimnisvoll einen Finger auf die Lippen.

Er sah sie fragend an und versuchte, an ihr vorbeizuschauen.

»Es ist jemand da«, flüsterte sie.

»Wer?«

»Ich weiß nicht. Er ist merkwürdig...«

»Was hat er zu dir gesagt?«

»Daß er dich unbedingt sprechen müsse.«

»Was hältst du von ihm?«

»Ich kann es nicht sagen, aber er hat eine Fahne.«

Dem Geruch nach, der aus der Küche kam, gab es Quiche Lorraine zum Abendessen.

»Wo ist er?«

»Ich habe ihn ins Wohnzimmer gebeten.«

Sie nahm ihm Mantel, Hut und Schal ab. Er hatte den Eindruck, die Wohnung sei weniger hell erleuchtet als sonst, aber das bildete er sich wohl nur ein. Er zuckte mit den Schultern und öffnete die Tür zum Wohnzimmer, in dem seit etwas mehr als einem Monat ein Fernsehgerät einen beherrschenden Platz einnahm.

Im Mantel, den Hut in den Händen, stand der Mann in einer Ecke des Zimmers. Er wirkte verschüchtert und wagte kaum, den Kommissar anzublicken.

»Entschuldigen Sie, daß ich Ihnen bis in Ihre Wohnung gefolgt bin...« stammelte er.

Maigret hatte sofort seine Hasenscharte gesehen, und es war ihm nicht unrecht, daß er dem Mann endlich gegenüberstand.

»Sie waren schon am Quai des Orfèvres, um mich zu sprechen, nicht wahr?«

»Ja, mehrmals.«

»Sie heißen... Warten Sie... Planchon.«

»Ja, Léonard Planchon.«

Und er wiederholte noch kleinlauter:

»Entschuldigen Sie...«

Sein Blick streifte durch das kleine Wohnzimmer und blieb an der halbgeöffneten Tür haften, als wolle er wieder davonlaufen. Wie oft hatte er das wohl schon getan, ohne den Kommissar zu sprechen?

Fünfmal mindestens. Immer am Samstagnachmittag. So daß er schließlich der Samstagsklient genannt wurde.

Das Ganze erinnerte ein wenig an die Geschichte mit der Verrückten. Wie Zeitungen zieht auch die Kriminalpolizei alle möglichen Leute mit mehr oder weniger seltsamem Verhalten an, und schließlich kennt man sie, und ihre Gesichter sind einem vertraut.

»Ich habe Ihnen zuerst geschrieben...« murmelte er.

»Nehmen Sie Platz.«

Durch die Glastür sah man den gedeckten Tisch im Eßzimmer, und der Mann warf einen Blick hinüber.

»Sie wollten gerade essen, nicht wahr?«

»Nehmen Sie Platz«, wiederholte der Kommissar seufzend.

Da kam er endlich einmal früher nach Hause und

mußte trotzdem auf sein Essen warten. Schade um die Quiche Lorraine! Und schade um die Nachrichten! Seit einigen Wochen sahen seine Frau und er regelmäßig fern, wenn sie aßen. Sie hatten sogar die gewohnten Plätze bei Tisch verändert.

»Sie haben mir also geschrieben?«

»Mindestens zehn Briefe.«

»Die mit Ihrem Namen unterzeichnet waren?«

»Die ersten waren ohne Unterschrift. Ich habe sie zerrissen. Die anderen auch... Und dann habe ich beschlossen, zu Ihnen zu gehen...«

Auch Maigret roch die Fahne, doch sein Gesprächspartner war nicht betrunken. Nervös war er. Er preßte seine Hände so fest aneinander, daß die Fingerknöchel weiß hervortraten. Erst allmählich wagte er, den Kommissar anzusehen, und sein Blick wirkte fast flehend.

Wie alt mochte er sein? Schwierig zu sagen. Er war weder alt noch jung und sah aus, als sei er niemals jung gewesen. Fünfunddreißig vielleicht?

Auch seine soziale Herkunft war nicht leicht zu bestimmen. Seine Kleidung war schlecht geschnitten, aber von guter Qualität, und seine peinlich sauberen Hände zeugten von körperlicher Arbeit.

»Warum haben Sie diese Briefe zerrissen?«

»Ich hatte Angst, daß Sie mich für verrückt halten würden.«

Er sah auf und fügte, damit der Kommissar ihm glauben sollte, hinzu:

»Ich bin nicht verrückt, Herr Kommissar. Sie müssen mir glauben, ich bin nicht verrückt.«

Auch wenn solche Beteuerungen im allgemeinen ein

schlechtes Zeichen sind, hier war Maigret schon halb überzeugt. In der Küche hörte er seine Frau hin- und hergehen. Wahrscheinlich hatte sie die Quiche aus dem Ofen genommen, die wohl nicht mehr zu retten war.

»Sie haben mir also mehrere Briefe geschrieben. Und dann sind Sie zum Quai des Orfèvres gegangen. An einem Samstag, wenn ich mich nicht irre?«

»Das ist mein einziger freier Tag...«

»Was sind Sie von Beruf, Monsieur Planchon?«

»Ich habe ein Malergeschäft. Natürlich nur ein bescheidenes. Wenn genug Aufträge hereinkommen, beschäftige ich fünf oder sechs Arbeiter. Sie sehen also...«

Wegen seiner Hasenscharte ließ sich nicht recht sagen, ob er schüchtern lächelte oder ob er eine Grimasse zog. Seine Augen waren von einem sehr hellen Blau, und sein blondes Haar hatte einen rötlichen Schimmer.

»Dieser erste Besuch liegt etwa zwei Monate zurück. Auf dem Anmeldebogen stand, Sie wollten mich persönlich sprechen. Warum?«

»Weil ich nur Ihnen vertraue. In der Zeitung habe ich gelesen ...«

»Also gut. An jenem Samstag haben Sie nicht gewartet, sondern sind nach etwa zehn Minuten wieder gegangen.«

»Ich hatte Angst.«

»Wovor?«

»Ich`dachte, Sie würden mich nicht ernst nehmen. Oder Sie würden mich an meinem Vorhaben hindern.«

»Am Samstag darauf sind Sie wiedergekommen...«

»Ja.«

An jenem zweiten Samstag hatte Maigret eine Besprechung mit dem Chef und zwei anderen Abteilungsleitern. Als er eine Stunde später zurückkam, war niemand mehr im Warteraum.

»Hatten Sie immer noch Angst?«

»Ich wußte nicht mehr...«

»Was wußten Sie nicht mehr?«

»Ob ich wirklich ernst machen sollte.«

Er strich sich mit der Hand über die Stirn.

»Es ist alles so schwierig. Wissen Sie, manchmal verliere ich den Boden unter den Füßen...«

Ein anderes Mal hatte Maigret Lucas zu Planchon geschickt.

Der Mann hatte sich geweigert, ihm den Grund seines Besuches zu nennen. Er hatte betont, er sei rein persönlicher Art. Dann war er regelrecht geflüchtet.

»Wer hat Ihnen meine Adresse gegeben?«

»Ich bin Ihnen nachgegangen. Letzten Samstag hätte ich Sie fast auf der Straße angesprochen. Aber dann dachte ich, das sei nicht der geeignete Ort für das Gespräch, das ich mit Ihnen führen wollte. Ihr Büro aber auch nicht... Vielleicht verstehen Sie später...«

»Woher wußten Sie heute abend, daß ich nach Hause gehen würde?«

Plötzlich erinnerte sich Maigret an das Gefühl, das ihn auf dem Pont-au-Change ergriffen hatte.

»Sie hatten sich am Quai versteckt, nicht wahr?«

Planchon nickte.

»Dann gingen Sie mir bis zum Bus nach?«

»Ja. Ich nahm ein Taxi und kam einige Minuten vor Ihnen hier an.«

»Bedrückt Sie etwas, Monsieur Planchon?«

»Mehr als das.«

»Wieviele Gläser haben Sie getrunken, bevor Sie hierherkamen?«

»Zwei, vielleicht auch drei. Früher habe ich nicht getrunken, kaum einmal ein Glas zum Essen...«

»Und jetzt?«

»Das hängt davon ab, wie der Tag verläuft... Oder vielmehr der Abend, tagsüber trinke ich nichts. Doch, vorhin habe ich drei Cognac hinuntergegossen, um mir Mut zu machen. Ist das schlimm?«

Maigret zog langsam an seiner Pfeife. Er ließ seinen Besucher nicht aus den Augen und versuchte, sich einen Eindruck von ihm zu verschaffen. Bis jetzt war es ihm noch nicht gelungen. Er spürte bei Planchon eine heftige Empfindung, die ihn verwirrte, eine verhaltene Leidenschaft, eine tiefe innere Not, und zugleich eine unendliche Geduld.

Er hätte die Hand dafür ins Feuer legen können, daß dieser Mann wenig Kontakt zu anderen Menschen hatte, und daß er alles mit sich selbst abmachte. Seit zwei Monaten quälte ihn das Bedürfnis, mit jemand zu sprechen. Samstag für Samstag hatte er versucht, bei dem Kommissar vorstellig zu werden, und jedes Mal war er im letzten Augenblick davongelaufen.

»Und wenn Sie mir einfach Ihre Geschichte erzählen würden?«

Wieder ein Blick zum Eßzimmer, wo die beiden Gedecke dem Fernsehgerät gegenüber aufgelegt waren.

»Es ist mir so peinlich, daß ich Sie vom Essen abhalte. Es wird lange dauern. Ihre Frau wird mir böse sein. Wenn Sie einverstanden sind, warte ich hier, bis Sie gegessen haben. Oder ich komme später wieder... Ja, das werde ich tun! Ich komme nachher wieder...«

Er machte Anstalten, aufzustehen, doch der Kommissar nötigte ihn, sitzenzubleiben.

»Nein, Monsieur Planchon. Jetzt sind Sie schon dabei, meinen Sie nicht auch...? Sagen Sie mir, was Sie bedrückt. Erzählen Sie mir einfach, was in all den Briefen stand, die Sie dann zerrissen haben.«

Der Mann starrte auf den Teppich mit dem roten Rankenwerk und stammelte plötzlich:

»Ich will meine Frau umbringen...«

Er sah abrupt nach oben, dem Kommissar ins Gesicht, dem es nur mit Mühe gelang, sich nichts anmerken zu lassen.

»Sie wollen also Ihre Frau umbringen?«

»Ich muß... Es gibt gar keinen anderen Ausweg mehr. Ich weiß nicht, wie ich es Ihnen erklären soll. Jeden Abend sage ich mir, daß es irgendwann passiert, daß es an irgendeinem Tag geschehen muß. Deshalb dachte ich, wenn ich Ihnen Bescheid sage...«

Er zog ein Taschentuch aus seiner Tasche, um seine Brillengläser zu putzen, während er nach Worten suchte. Maigret sah, daß ein Knopf an seiner Jacke nur noch an einem Faden hing.

Trotz seiner Erregung war Planchon dieser kurze Blick nicht entgangen, er lächelte oder schnitt eine Grimasse.

»Ja... Das auch«, sagte er leise. »Sie wahrt nicht einmal mehr den Schein.«

»Wieso?«

»Daß sie sich um mich kümmert, daß sie meine Frau ist...«

Tat es ihm leid, daß er gekommen war? Er rutschte unruhig auf seinem Stuhl hin und her und sah immer wieder zur Tür hin, als wolle er unvermittelt davonlaufen.

»Ich frage mich, ob es nicht falsch von mir war... Aber Sie sind der einzige Mensch auf der Welt, dem ich vertraue. Es ist mir, als kenne ich Sie schon lange. Ich bin fast sicher, daß Sie mich verstehen werden.«

»Sind Sie eifersüchtig, Monsieur Planchon?«

Ihre beiden Blicke trafen sich. Maigret glaubte, in dem seines Gegenübers völlige Offenheit zu lesen.

»Ich glaube, ich bin es nicht mehr. Ich war es einmal. Aber nein, das ist jetzt vorbei...«

»Und Sie wollen sie trotzdem umbringen?«

»Weil es keine andere Lösung gibt. Deshalb sagte ich mir ja, wenn ich Sie informieren würde, durch einen Brief oder ein Gespräch... Das wäre anständiger... Und vielleicht würde ich mich dann auch anders entschließen... Verstehen Sie, was ich meine...? Aber es ist völlig unmöglich, mich zu verstehen, wenn man Renée nicht kennt. Verzeihen Sie, daß ich so wirr daherrede. Renée ist meine Frau. Meine Tochter heißt Isabelle. Sie ist sieben. Und sie ist alles, was mir bleibt auf der Welt... Sie haben keine Kinder...?«

Er blickte erneut umher, wie um sich davon zu überzeugen, daß kein Spielzeug herumlag, keine dieser tausend Kleinigkeiten, die verraten, daß ein Kind im Haus ist.

»Auch sie wollen sie mir nehmen. Sie setzen alles daran. Ganz offen... Wenn Sie nur sehen könnten, wie sie mich behandeln. Glauben Sie, ich bin geisteskrank?«

»Nein.«

»Obwohl das ja noch besser wäre. Dann würde man mich gleich einsperren. So, wie man mich einsperrt, wenn ich meine Frau umbringe... Oder ihn... Am besten alle beide. Aber wer würde sich um Isabelle kümmern, wenn ich im Gefängnis bin. Verstehen Sie mein Problem?

Ich habe mir die raffiniertesten Pläne ausgedacht. Mindestens zehn, die ich immer wieder überarbeitet habe. Vor allem wollte ich nicht gefaßt werden. Es sollte so aussehen, als seien beide weggegangen. In der Zeitung habe ich gelesen, daß in Paris jedes Jahr Tausende von Frauen verschwinden und daß die Polizei sich gar nicht bemüht, sie zu finden. Zumal er ja gleichzeitig verschwinden würde.

Einmal hatte ich mir sogar schon ein Versteck für ihre Leichen überlegt. Ich habe auf einer Baustelle gearbeitet. Oberhalb vom Montmartre. Dort wird Beton gegossen. Ich hätte sie nachts in meinem Lieferwagen dorthin transportiert, und man hätte sie nie gefunden.«

Er wurde immer erregter und sprach jetzt viel flüssiger. Dabei achtete er unverwandt auf die Reaktionen des Kommissars.

»Ist es schon einmal vorgekommen, daß jemand zu

Ihnen kam, um Ihnen zu sagen, er wolle seine Frau oder jemand anderen umbringen?«

Die Frage kam so unerwartet, daß Maigret unwillkürlich in seinem Gedächtnis forschte.

»Nicht so«, antwortete er schließlich.

»Sie denken, ich lüge, ich erfinde Geschichten, um mich interessant zu machen?«

»Nein.«

»Glauben Sie wirklich, daß ich meine Frau umbringen will?«

»Sie haben sicher die Absicht.«

»Und daß ich es tun werde?«

»Nein.«

»Warum?«

»Weil Sie zu mir gekommen sind.«

Planchon stand auf. Er war zu nervös, zu verkrampft, um stillsitzen zu können. Er hob die Arme über den Kopf.

»Und genau das sage ich mir auch!«, schluchzte er beinahe. »Deshalb bin ich jedes Mal wieder gegangen, bevor Sie mich empfangen konnten. Und deshalb mußte ich auch mit Ihnen sprechen. Ich bin kein Verbrecher. Ich bin ein anständiger Mensch. Und trotzdem...«

Maigret stand ebenfalls auf. Er holte die Karaffe mit dem Schlehenwasser aus dem Schrank und goß seinem Besucher ein Glas ein.

»Nehmen Sie keinen?«, murmelte dieser schuldbewußt.

Dann sah er wieder zum Eßzimmer hinüber und sagte:

»Sie haben ja noch gar nicht gegessen. Und ich rede

und rede. Ich möchte Ihnen alles auf einmal erklären und weiß nicht, wo ich anfangen soll.«

»Soll ich Ihnen Fragen stellen?«

»Vielleicht wäre es dann leichter.«

»Setzen Sie sich wieder.«

»Ich werde versuchen...«

»Wie lange sind Sie schon verheiratet?«

»Seit acht Jahren.«

»Haben Sie vorher allein gelebt?«

»Ja. Ich habe immer allein gelebt. Seit meine Mutter gestorben ist, als ich fünfzehn war. Wir haben in der Rue Picpus gewohnt, nicht weit von hier. Sie war Putzfrau.«

»Und Ihr Vater?«

»Ich habe ihn nicht gekannt...«

Er wurde rot.

»Sie haben eine Lehre gemacht?«

»Ja, ich bin Maler geworden... Als ich sechsundzwanzig war, erfuhr mein Chef aus der Rue Tholozé, daß er herzkrank war, und er beschloß, sich aufs Land zurückzuziehen...«

»Und Sie haben dann das Geschäft übernommen?«

»Ich hatte ein wenig Geld gespart. Ich habe ja fast nichts ausgegeben. Trotzdem hat es sechs Jahre gedauert, bis ich keine Schulden mehr hatte...«

»Wo haben Sie Ihre Frau kennengelernt?«

»Sie kennen die Rue Tholozé, die genau gegenüber vom Moulin de la Galette auf die Rue Lepic stößt. Eine Sackgasse, mit einer kleinen Treppe am Ende. Am Fuß der Treppe bewohne ich ein kleines Haus im Hinterhof. Das ist praktisch, wegen der Leitern und des Materials.«

Er wurde ruhiger und sprach weniger erregt, gleichmäßiger.

»In der Mitte der Straße, links, wenn man hinaufgeht, liegt das Bal des Copains, ein Tanzlokal, in dem ich samstagabends hin und wieder eine Stunde oder zwei verbrachte.«

»Haben Sie getanzt?«

»Nein. Ich setzte mich in eine Ecke, bestellte eine Limonade, weil ich damals noch keinen Alkohol trank, ich hörte der Musik zu und betrachtete die tanzenden Paare.«

»Hatten Sie eine Freundin?«

Verlegen antwortete er:

»Nein...«

»Warum nicht?«

Er hob seine Hand an seinen Mund.

»Ich bin nicht gerade ein Beau. Frauen haben mich immer eingeschüchtert. Ich habe das Gefühl, daß sie sich vor der Hasenscharte ekeln.«

»Sie haben also eine Frau mit dem Namen Renée kennengelernt.«

»Ja, an jenem Abend waren viele Gäste da. Man setzte uns an denselben Tisch. Ich wagte nicht, sie anzusprechen. Sie war genauso schüchtern wie ich. Man merkte, daß sie es nicht gewohnt war...«

»Was? Tanzen zu gehen?«

»Ja, das Tanzen, alles, Paris. Schließlich sprach sie mich an, und ich erfuhr, daß sie noch keinen Monat hier in der Stadt lebte. Ich fragte sie, woher sie komme.

Sie stammte aus Saint-Sauveur bei Fontenay-le-Comte in der Vendée, aus dem Dorf meiner Mutter. Als ich noch ein Kind war, haben wir dort öfter meine Tanten und Onkel besucht. Das hat es uns leichter gemacht. Die Namen waren uns beiden vertraut.«

»Was tat Renée in Paris?«

»Sie arbeitete als Mädchen für alles in einer Milchhandlung in der Rue Lepic.«

»Ist sie jünger als Sie?«

»Ich bin sechsunddreißig und sie siebenundzwanzig. Fast zehn Jahre Unterschied. Damals war sie kaum achtzehn.«

»Haben Sie bald geheiratet?«

»Nach etwa zehn Monaten. Dann hatten wir ein Kind, eine Tochter, Isabelle. Solange meine Frau schwanger war, hatte ich Angst...«

»Angst wovor?«

Er zeigte wieder auf seine Hasenscharte.

»Man hatte mir gesagt, das sei erblich. Gott sei Dank, mein Kind ist normal. Sie sieht ihrer Mutter ähnlich, bis auf die blonden Haare und die hellblauen Augen.«

»Ist Ihre Frau dunkelhaarig?«

»Wie viele in der Vendée, wahrscheinlich wegen der portugiesischen Seeleute, die dort fischten.«

»Und jetzt wollen Sie sie umbringen?«

»Ich sehe keine andere Lösung. Wir drei waren glücklich miteinander. Renée war vielleicht keine gute Hausfrau. Aber ich will ihr nichts Schlechtes nachsagen. Sie hat ihre Kindheit auf einem Bauernhof verbracht, wo man nicht so pingelig ist. In dem Sumpfgebiet dort heißen die Bauernhäuser Katen, und im Winter läuft schon einmal das Wasser in die Zimmer.«

»Ich weiß.«

»Sind Sie schon dort gewesen?«

»Ja.«

»Häufig mußte ich den Haushalt machen, wenn ich abends nach Hause kam. Damals war sie verrückt nach dem Kino. Nachmittags ließ sie Isabelle bei der Concierge, um sich einen Film ansehen zu können...«

Dies sagte er ohne Bitterkeit.

»Ich beklage mich nicht. Ich habe nicht vergessen, daß sie die erste Frau ist, die mich als einen normalen Mann betrachtet hat. Das verstehen Sie sicher, nicht wahr?«

Er wagte nicht mehr, ins Eßzimmer hinüberzublicken.

»Und ich halte Sie vom Essen ab! Was wird Ihre Frau denken?«

»Fahren Sie fort. Wie lange dauerte Ihr Glück?«

»Warten Sie. Das habe ich mir noch nie überlegt. Ich weiß nicht einmal genau, wann alles angefangen hat. Ich hatte ein gutgehendes kleines Geschäft. Was ich einnahm, gab ich aus, um das Haus zu renovieren, es neu zu streichen, zu modernisieren, eine schöne Küche einzurichten. Wenn Sie einmal vorbeikommen... Aber Sie kommen ja doch nicht. Und wenn, dann heißt das, daß...«

Erneut preßte er die Hände zusammen, die mit rötlichen Haaren bedeckt waren.

»Sie können nicht wissen, wie es in diesem Beruf zugeht. Manchmal hat man viel Arbeit, manchmal fast keine. Es ist schwer, die Arbeiter zu behalten. Abgesehen von dem alten Jules, den wir Pépère nennen, und der schon für meinen früheren Chef gearbeitet hat, habe ich sie fast jedes Jahr gewechselt.«

»Bis zu dem Tag...«

»Bis zu dem Tag, an dem dieser Roger Prou ins Haus kam. Ein gutaussehender Mann, stark und nicht auf den Kopf gefallen, einer, der weiß, was er will. Anfangs war ich froh, daß ich ihn eingestellt hatte, denn auf der Baustelle konnte ich mich völlig auf ihn verlassen...«

»Hat er Ihrer Frau den Hof gemacht?«

»Ehrlich gesagt, ich glaube nicht. Frauen konnte er haben, soviel er wollte, manchmal sogar Kundinnen. Ich kann es nicht genau sagen, weil ich am Anfang nichts gemerkt habe, aber ich bin fast sicher, daß Renée angefangen hat... Ein wenig kann ich sie verstehen... Ich bin nicht nur entstellt, sondern auch nicht gerade der Mann, mit dem sich eine Frau amüsieren kann...«

»Was wollen Sie damit sagen?«

»Nichts... Ich bin nicht besonders lustig. Ich gehe nicht gern aus. Abends bleibe ich am liebsten zu Hause, und sonntags gehe ich gern mit meiner Frau und meiner Tochter spazieren. Monatelang hegte ich keinerlei Verdacht. Wenn wir auf dem Bau waren, ging Prou oft auf einen Sprung in die Rue Thozolé, um Material zu holen. Als ich einmal unverhofft nach Hause kam – das war vor zwei Jahren – fand ich meine Tochter allein in der Küche. Ich sehe sie heute noch vor mir. Sie saß auf dem Fußboden. Ich fragte sie:

›Wo ist Maman?‹

Und sie zeigte auf das Schlafzimmer und antwortete:

›Da!‹

Damals war sie erst fünf Jahre alt. Sie hatten mich nicht kommen hören, und ich fand sie halbnackt. Prou schien es unangenehm zu sein. Meine Frau dagegen sah mir unverfroren ins Gesicht.

›Nun, jetzt weißt du es‹, sagte sie.«

»Was haben Sie dann getan?«

»Ich bin weggegangen. Ich wußte weder, wohin ich ging, noch was ich tat. Schließlich fand ich mich an einem Tresen wieder, wo ich mich zum ersten Mal in meinem Leben betrank. Ich dachte vor allem an meine Tochter. Ich schwor mir, sie zu holen. Ich sagte mir immer wieder:

›Sie gehört dir...! Sie haben kein Recht auf sie...‹

Nachdem ich dann die halbe Nacht lang herumgeirrt war, ging ich nach Hause. Mir war übel. Meine Frau sah mich böse an, und als ich mich auf den Teppich erbrach, murmelte sie:

›Du widerst mich an...‹

So hat das alles begonnen... Einen Tag vorher war ich noch ein glücklicher Mann... Und mit einem Mal...«

»Wo ist Roger Prou?«

»In der Rue Tholozé«, stammelte Planchon mit gesenktem Kopf.

»Schon seit zwei Jahren?«

»Ja, ungefähr.«

»Er lebt mit Ihrer Frau zusammen?«

»Wir leben alle drei zusammen.«

Er putzte wieder seine Brillengläser. Seine Lider zuckten heftig.

»Können Sie sich das vorstellen?«

»Warum nicht?«

»Begreifen Sie, daß ich nicht in der Lage war, sie zu verlassen?«

»Ihre Frau zu verlassen?«

»Anfangs blieb ich ihretwegen. Jetzt weiß ich nicht mehr. Ich glaube, jetzt bleibe ich nur noch wegen meiner Tochter, aber vielleicht irre ich mich auch. Ich konnte mir nicht vorstellen, ohne Renée zu leben. Der Gedanke daran, wieder allein zu sein. Und ich hatte auch nicht das Recht, sie vor die Tür zu setzen. Ich hatte sie doch aufgenommen. Ich hatte sie angefleht, mich zu heiraten. Da war ich doch auch verantwortlich, oder nicht?«

Er schniefte und schielte nach der Karaffe. Maigret schenkte ihm ein zweites Glas ein, das er in einem Zug hinunterkippte.

»Sie werden mich für einen Trinker halten. Ich bin inzwischen auch fast schon einer. Abends möchten sie mich nicht zu Hause sehen. Es fehlt nur noch, daß sie mich vor die Tür setzen. Sie können sich nicht vorstellen, was sie mit mir machen.«

»Und Prou ist an dem Tag bei Ihnen eingezogen, an dem Sie die beiden überrascht haben?«

»Nein, nicht gleich. Am nächsten Morgen war ich überrascht, daß er seine Arbeit tat, als sei nichts geschehen... Ich wagte nicht, ihn zu fragen, was er vorhatte. Wie gesagt, ich hatte Angst, sie zu verlieren. Ich wußte nicht mehr, wo ich hingehörte. Ich gab klein bei. Ich bin sicher, daß sie sich auch weiterhin sahen, und bald nahmen sie überhaupt keine Rücksicht mehr.

Ich war es, der sich nicht mehr nach Hause wagte, der Lärm machte, damit sie wußten, ich war da.

Eines abends blieb er zum Essen. Es war sein Geburtstag, und Renée hatte etwas ganz Besonderes gekocht. Auf dem Tisch stand eine Flasche Champagner. Beim Nachtisch fragte mich meine Frau:

›Willst du nicht spazierengehen? Merkst du nicht, daß du störst?‹

Und ich bin gegangen. Ich habe getrunken. Ich habe Fragen gestellt... Und versucht, die Antworten zu finden. Ich habe mir Geschichten erzählt. Ich dachte noch nicht daran, sie umzubringen, ich schwöre es! Sagen Sie mir, daß Sie mir glauben, Herr Kommissar... Sagen Sie mir, daß Sie mich nicht für verrückt halten... Sagen Sie mir, daß ich nicht widerwärtig bin, wie meine Frau behauptet...«

Man sah Madame Maigret hinter der Glastür zum Eßzimmer hin- und hergehen, und Planchon seufzte:

»Ich halte Sie vom Essen ab... Ihre Frau wird ärgerlich sein... Warum gehen Sie nicht essen?«

Für die Nachrichten war es jedenfalls zu spät.

Zwei oder drei Mal war Maigret versucht, sich in den Arm zu kneifen, um sicherzugehen, daß die Person, die da vor ihm gestikulierte, auch tatsächlich existierte, daß die Szene der Wirklichkeit angehörte, daß sie beide aus Fleisch und Blut waren.

Äußerlich hatte der Mann nichts Ungewöhnliches. Er war einer aus dem Millionenheer von fleißigen, unauffälligen Arbeitern, die man jeden Tag in der Metro, dem Bus und auf den Straßen sieht, und die mit Würde und Anstand Gott weiß welcher Arbeit und welchem Schicksal entgegengehen. Auch wenn es paradox erscheinen mag, seine Hasenscharte machte ihn eher noch austauschbarer, ganz so, als gebe diese Mißbildung all denen, die davon betroffen sind, eine einheitliche Physiognomie.

Einen Augenblick hatte sich der Kommissar gefragt, ob Planchon nicht absichtlich und aus einer geradezu teuflischen List heraus zum Boulevard Richard-Lenoir gekommen war, anstatt ihn in seinem nüchternen Büro am Quai des Orfèvres aufzusuchen. War er seiner Eingebung gefolgt, als er mehrere Male aus dem Warteraum davonlief, der durch eine Glaswand abgetrennt war und an dessen Wänden Fotografien von Polizisten hingen, die im Dienst ihr Leben gelassen hatten?

Bei der Kriminalpolizei, wo er Tausende von Beichten gehört hatte, wo er schon so viele Menschen zu erschütternden Geständnissen gebracht hatte, hätte Maigret seinen Besucher viel distanzierter betrachten können.

Aber dies hier war sein Zuhause, seine vertraute Umgebung, seine Frau nebenan, der Geruch des Essens, das bereitstand, die Möbel und Gegenstände, das Spiel von Licht und Schatten, an dem sich in Jahren nichts geändert hatte. Kaum war er zur Tür hereingekommen, umgab ihn all dies wie eine alte Strickjacke, die man überzieht, wenn man nach Hause kommt, und er war an diese Umgebung so sehr gewöhnt, daß er das Fernsehgerät, das der Glastür zum Eßzimmer gegenüberstand, noch nach einem Monat als Fremdkörper empfand.

Würde er in dieser Atmosphäre in der Lage sein, ein ebenso nüchternes und sachliches Verhör zu führen wie in seinem Büro, eines jener Verhöre, die oft stundenlang, oft die ganze Nacht dauerten, und nach denen er genauso erschöpft war wie seine Opfer?

Zum ersten Mal in seiner langen Berufstätigkeit kam ein Mann zu ihm nach Hause nach wochenlangem Zögern, nachdem er ihm nachgegangen war, und, wie er sagte, ihm geschrieben und die Briefe zerrissen hatte, nachdem er stundenlang im Warteraum gewartet hatte; ein Mann, an dessen Kleidung und Aussehen nichts Außergewöhnliches zu entdecken war, hatte sich bescheiden und hartnäckig zugleich Einlaß bei ihm verschafft, um ihm unverblümt zu erklären:

Ich will zwei Menschen umbringen: Meine Frau und ihren Geliebten. Ich habe alles dafür vorbereitet und

*auch noch die kleinsten Details vorausgeplant, damit
ich nicht geschnappt werde.*

Und anstatt skeptisch zu sein, schenkte ihm Maigret
seine ganze Aufmerksamkeit und registrierte auch die
kleinsten Veränderungen seines Gesichtsausdrucks. Er
bedauerte kaum noch, daß er das Varieté verpassen
würde, das er heute abend mit seiner Frau im Fernsehen
hatte anschauen wollen; das Fernsehen war für sie ja
noch ganz neu, und alles auf dem Bildschirm faszinierte
sie.

Mehr noch: Als der Mann auf Madame Maigret
zeigte, die im Eßzimmer hin- und herging, hätte er fast
zu ihm gesagt:

»Essen Sie doch mit uns.«

Er hatte nämlich Hunger und das Gefühl, es könne
noch sehr lange dauern. Er mußte mehr wissen, Fragen
stellen, sicher sein, daß er sich nicht täuschte.

Zwei, drei Mal hatte ihn sein Gegenüber angsterfüllt
gefragt:

»Sie halten mich doch nicht für verrückt, oder?«

Daran hatte er auch schon gedacht. Schließlich gibt
es zahlreiche Erscheinungsformen des Wahnsinns, das
wußte er aus Erfahrung. Die ehemalige Kurzwarenhändlerin, die lächelnd im Warteraum saß und strickte
und darauf wartete, daß er sie brauchte, war nur ein
Beispiel dafür.

Der Mann hatte getrunken, bevor er hierher gekommen war. Er gab zu, daß er jeden Abend trank. Der
Kommissar hatte ihm den Schnaps eingeschenkt, weil
er ihn brauchte.

Alkoholiker schaffen sich häufig ihre eigene Welt,

der wirklichen zwar ähnlich, aber doch mit gewissen Unterschieden, die oft gar nicht so leicht festzustellen sind. Dabei meinten sie es ganz ehrlich.

All diese Gedanken waren ihm durch den Kopf gegangen, während er zugehört hatte, aber keiner befriedigte ihn. Er bemühte sich, mehr zu begreifen, sich in die unglaubliche Geschichte Planchons hineinzuversetzen.

»So kam es dann, daß ich mich überflüssig fühlte«, sagte er und sah ihn dabei mit seinen hellen Augen an. »Ich weiß nicht, wie ich es Ihnen erklären soll. Ich habe sie geliebt. Und ich glaube, ich liebe sie noch. Ja, ich bin ziemlich sicher, daß ich sie noch liebe und weiter lieben werde, auch wenn ich sie töten muß.

Außer meiner Mutter ist sie der einzige Mensch, der sich für mich interessiert hat, ohne sich um meine Entstellung zu kümmern.

Außerdem ist sie meine Frau. Was immer sie auch tut, sie ist meine Frau, oder nicht? Sie hat mir Isabelle geschenkt. Sie hat sie geboren. Sie können nicht wissen, was ich durchgemacht habe, während sie schwanger war. Ich bin sogar vor ihr niedergekniet, um ihr zu danken. Ich weiß nicht, wie ich es erklären soll. Irgendwie war mein Leben mit ihrem verbunden, verstehen Sie mich? Und in Isabelle ist unser beider Leben vereint.

Vorher war ich allein. Niemand kümmerte sich um mich, niemand erwartete mich am Abend. Ich arbeitete und wußte nicht, wofür.

Plötzlich nahm sie sich einen Liebhaber, und ich

konnte es ihr nicht einmal verübeln. Sie ist jung. Sie ist schön.

Und er, Roger Prou, ist viel vitaler als ich. Er ist wie ein Tier, das Kraft und Gesundheit ausstrahlt.«

Madame Maigret hatte die Hoffnung aufgegeben und war wieder in der Küche verschwunden. Maigret stopfte sich langsam eine neue Pfeife.

»Ich habe mir alles Mögliche gesagt. Vor allem, daß es vorbeigehen würde, daß sie wieder zu mir zurückkehren würde, daß sie begreifen würde, daß wir zusammengehören, was immer sie auch tut. Langweile ich Sie?«

»Nein. Fahren Sie fort.«

»Ich weiß nicht mehr recht, was ich sage. Ich glaube, in meinen Briefen war alles klarer. Nicht so weitschweifig.

Wenn ich noch zur Kirche ginge, wie damals, als meine Mutter noch gelebt hat, dann hätte ich sicher gebeichtet. Ich weiß nicht mehr, wie ich auf Sie gekommen bin. Anfangs dachte ich nicht, daß ich den Mut haben würde, zu Ihnen zu gehen...

Jetzt, wo ich hier bin, möchte ich alles auf einmal sagen. Ich schwöre Ihnen, ich rede nicht deshalb so viel, weil ich getrunken habe. Ich hatte mir jeden meiner Sätze vorher überlegt.

Wo war ich stehengeblieben?«

Seine Augen zuckten, und seine Hand spielte mit einem kleinen Kupferaschenbecher, den er, ohne es zu merken, von einem Tischchen genommen hatte.

»Am Abend von Prous Geburtstag wurden Sie also vor die Tür gesetzt.«

»Nicht direkt, denn sie wußten, daß ich wiederkommen würde. Sie haben mich weggeschickt, damit sie den Abend allein verbringen konnten.«

»Sie hofften noch immer, daß es bald ein Ende haben würde?«

»Finden Sie das naiv?«

»Was ist seitdem geschehen?«

Er seufzte und schüttelte den Kopf wie jemand, der den Faden verloren hat.

»So vieles! Einige Tage nach dem Geburtstag kam ich gegen zwei oder drei Uhr nachts nach Hause und fand eine Liege im Eßzimmer. Ich begriff nicht gleich, daß sie für mich gedacht war. Ich öffnete die Tür zum Schlafzimmer. Da lagen sie beide in unserem Bett und schliefen oder taten zumindest so.

Was hätte ich tun sollen? Roger Prou ist stärker als ich. Außerdem war ich nicht besonders sicher auf den Beinen. Er hätte es glatt fertiggebracht, mich zu verprügeln.

Und dann wollte ich auch nicht, daß Isabelle aufwachte. Sie begreift doch noch nicht... In ihren Augen bin ich immer noch ihr Vater.

Ich schlief auf der Liege, und als sie am anderen Morgen aufstanden, war ich schon in der Werkstatt.

Meine Arbeiter haben mich spöttisch angesehen. Nur der alte Jules nicht, der, den wir Pépère nennen und der schon ganz weißes Haar hat. Er war schon vor mir im Geschäft, das habe ich Ihnen, glaube ich, schon gesagt. Er duzt mich. Und er ist zu mir nach hinten in die Werkstatt gekommen und hat gemurmelt:

›Hör mal, Léonard, es ist Zeit, daß du das Weib

rausschmeißt. Wenn du es jetzt nicht tust, wird es übel enden.‹

Er begriff, daß ich nicht den Mut dazu hatte. Er sah mir in die Augen, legte seine Hand auf meine Schulter und seufzte schließlich:

›Ich wußte nicht, daß du so krank bist.‹

Ich war nicht krank. Ich liebte sie nur immer noch, brauchte sie immer noch, brauchte ihre Nähe, auch wenn sie mit einem anderen schlief.

Antworten Sie mir ehrlich, Monsieur Maigret...«

Er hatte nicht Herr Kommissar gesagt, wie er es am Quai des Orfèvres getan hätte, sondern Monsieur Maigret, wie um zu betonen, daß er mit dem Menschen Maigret reden wollte.

»Hatten Sie schon einmal mit einem Fall wie dem meinen zu tun?«

»Sie wollen wissen, ob ich andere Männer kenne, die bei ihrer Frau geblieben sind, obwohl sie wußten, daß sie einen Liebhaber hat?«

»Ja, so etwa...«

»Da gibt es viele.«

»Nur läßt man ihnen wahrscheinlich ihren Platz zu Hause, und tut wenigstens so, als seien sie noch jemand? Bei mir ist das nicht so! Jetzt versuchen sie schon fast zwei Jahre, mich rauszuekeln. Ich bekomme kaum noch einen Teller hingestellt. Nicht Prou ist der Fremde, sondern ich. Beim Essen reden sie miteinander, lachen miteinander und sprechen mit meiner Tochter, als sei ich Luft.

Sonntags nehmen sie den Lieferwagen für Spazierfahrten aufs Land. Anfangs blieb ich mit Isabelle zurück. Es ist mir immer gelungen, sie zu zerstreuen.

Wäre ich wohl gegangen, wenn es Isabelle nicht gegeben hätte? Ich weiß nicht.

Inzwischen geht meine Tochter meistens lieber mit ihnen. Spazierenfahren ist eben schöner.

Ich habe es mir immer wieder überlegt, nicht nur abends, wenn ich ein paar Gläser getrunken hatte, auch morgens und den ganzen Tag über, bei der Arbeit. Denn ich arbeite immer noch hart.

Ich habe mich gefragt, was wir empfinden und welche praktischen Lösungen es gäbe. Einmal, vor drei Monaten, war ich sogar bei einem Anwalt. Ich habe ihm nicht so viel erzählt wie Ihnen, weil ich den Eindruck hatte, daß er mir ohnehin nicht richtig zuhörte und daß er mich los sein wollte.

›Was wollen Sie nun eigentlich?‹ hat er mich gefragt.

›Ich weiß nicht.‹

›Eine Scheidung?‹

›Ich weiß nicht. Vor allem möchte ich meine Tochter behalten.‹

›Haben Sie Beweise für die Verfehlungen Ihrer Frau?‹

›Ich habe Ihnen ja gesagt, daß ich jede Nacht auf einer Liege schlafe, während die beiden in unserem Schlafzimmer...‹

›Das wird durch die Polizei festgestellt werden müssen. Welchen ehelichen Güterstand haben Sie vereinbart?‹

Er erklärte mir, daß wir, Renée und ich, ohne einen Heiratsvertrag in Gütergemeinschaft leben, das heißt,

34

daß mein Geschäft, mein Haus, meine Möbel, alles, was ich besitze, einschließlich der Kleidung auf meinem Leib ihr ebenso gehören wie mir...

›Und meine Tochter?‹ habe ich nachgehakt. ›Wird man mir meine Tochter geben?‹

›Das hängt davon ab. Wenn sich die Verfehlungen Ihrer Frau beweisen lassen und der Richter...‹«

Er preßte die Zähne zusammen.

»Dann sagte er noch etwas anderes«, fuhr er nach einer Weile fort. »Bevor ich zu ihm gegangen bin, hatte ich wie heute ein oder zwei Gläser getrunken, um mir Mut zu machen. Das hat er gleich gemerkt, ich habe es daran gespürt, wie er mich behandelte.

›Der Richter wird entscheiden, bei wem von Ihnen beiden Ihre Tochter besser aufgehoben ist.‹

Das gleiche hat mir meine Frau dann in anderen Worten gesagt.

›Worauf wartest du denn noch, um zu verschwinden?‹ hat sie mich mehrmals gefragt. ›Hast du denn überhaupt keinen Stolz? Merkst du denn nicht, daß du hier überflüssig bist?‹

Ich habe ihr trotzig geantwortet:

›Meine Tochter lasse ich niemals allein.‹

›Meine ist sie ja schließlich auch noch. Glaubst du wirklich, ich würde sie einem Säufer wie dir überlassen?‹

Ich bin kein Säufer, Monsieur Maigret. Ich flehe Sie an, glauben Sie mir, auch wenn es nicht so aussieht. Früher habe ich nie getrunken. Kein Glas habe ich angerührt. Aber was sollte ich denn abends machen, ganz allein auf der Straße?

Ich fing an, in die Bistros zu gehen, mich unter die Leute an den Theken zu mischen, um irgendwelche Gespräche, menschliche Stimmen zu hören.

Erst trinke ich ein Glas, dann zwei. Und ich denke nach. Und dann muß ich noch eins trinken, und noch eins ...

Ich habe versucht, damit aufzuhören, aber ich fühlte mich so schlecht, daß ich mich am liebsten in die Seine gestürzt hätte. Ich habe oft daran gedacht. Es wäre die einfachste Lösung. Nur hält mich Isabelle zurück. Ich will sie ihnen nicht lassen. Wenn ich mir vorstelle, daß sie eines Tages Papa zu ihm sagt.«

Er weinte jetzt, und ohne sich zu schämen zog er sein Taschentuch heraus, während Maigret ihn noch immer unverwandt ansah.

Natürlich litt er bis zu einem gewissen Grade unter Realitätsverlust. Ob es nun am Alkohol lag oder nicht, der Mann befand sich in hochgradiger Erregung, versank immer tiefer in seiner Verzweiflung.

Vom rein polizeilichen Standpunkt aus war nichts zu machen. Er hatte kein Verbrechen begangen. Zwar hatte er die Absicht, seine Frau und deren Geliebten zu töten, das behauptete er zumindest. Diese Absicht hatte er ihnen aber nicht einmal mitgeteilt, so daß man auch nichts wegen Morddrohung unternehmen konnte.

Vom rechtlichen Standpunkt aus hätte der Kommissar ihm nur sagen können:

»Kommen Sie danach wieder ...«

Nach dem Verbrechen! Und er hätte ihm mit großer Sicherheit auch noch sagen können:

36

»Wenn Sie Ihre Geschichte den Geschworenen so erzählen, wie Sie sie mir erzählt haben, und wenn Sie von einem guten Anwalt vertreten werden, wird man Sie wahrscheinlich freisprechen.«

War dies die Lösung, die Planchon aus ihm herauslocken wollte? Einen kurzen Augenblick lang hegte Maigret diesen Verdacht. Er mochte keine Männer, die weinen. Er mißtraute denen, die allzu gerne beichten. Und daß sein Gegenüber mit alkoholbeflügelter Zunge seine Gefühle offenbarte, machte ihn ein wenig ungehalten.

Jetzt hatte er schon sein Essen verpaßt, und seinen Fernsehabend. Planchon schien nicht mehr gehen zu wollen. Auch ihm gefiel es offenbar in der anheimelnden Atmosphäre der Wohnung. War er nicht wie ein Hund, der sich verlaufen hat und den man nicht mehr los wird, wenn man ihn einmal gestreichelt hat?

»Entschuldigen Sie...«, stammelte Planchon und wischte sich über die Augen. »Ich muß Ihnen lächerlich vorkommen. Es ist das erste Mal in meinem Leben, daß ich mich jemand anvertraue.«

Maigret hätte am liebsten geantwortet:

»Und warum ausgerechnet mir?«

Weil in den Zeitungen zu viel über ihn stand und weil die Reporter ihn als einen menschlichen Polizisten schilderten, der für alles Verständnis hatte.

»Wie lange ist es her«, fragte er, »daß Sie mir den ersten Brief geschrieben haben?«

»Schon länger als zwei Monate. In einem kleinen Café an der Place du Tertre.«

Damals war im Zusammenhang mit einem Verbrechen, das von einem Achtzehnjährigen begangen worden war, viel von Maigret die Rede gewesen.

»Und Sie haben etwa zehn Briefe geschrieben, die Sie alle zerrissen haben? Und alle in einer Woche?«

»Ja, so ungefähr. Manchmal habe ich zwei oder drei an einem Abend geschrieben und sie erst am nächsten Tag zerrissen.«

»Und dann sind Sie also sechs oder sieben Wochen lang jeden Samstag zum Quai des Orfèvres gekommen.«

Durch seine Art, sich anzumelden, in dem Glaskasten zu warten und dann zu verschwinden, bevor er vorgelassen wurde, hatte er fast den gleichen Bekanntheitsgrad erworben wie die ehemalige Kurzwarenhändlerin mit ihrem Strickzeug. Hatte Janvier oder Lucas ihn den Samstagsklienten getauft?

Nun hatte Planchon während dieser ganzen Zeit seine Drohung nicht wahrgemacht. Er war jede Nacht in die Rue Tholozé zurückgekehrt, hatte sich auf seine Liege gelegt, um am anderen Morgen wieder aufzustehen und seine Arbeit zu tun, als sei nichts geschehen.

Dennoch hatte der Mann ein viel feineres psychologisches Gespür, als man vermutet hätte.

»Ich ahne, was Sie denken«, murmelte er trübsinnig.

»Und was denke ich?«

»Daß ich diese Situation seit fast zwei Jahren ertrage. Und daß ich schon zwei Monate lang davon rede, meine Frau oder beide umzubringen.«

»Und?«

»Daß ich es ja noch nicht getan habe. Das denken Sie

doch! Sie sagen sich, daß ich ohnehin nicht den Mut haben werde.«

Maigret schüttelte den Kopf.

»Dafür braucht man keinen Mut. Morden kann jeder Dummkopf.«

»Und wenn es keinen anderen Ausweg gibt? Versetzen Sie sich in meine Lage. Ich hatte ein gutgehendes kleines Geschäft, eine Frau, ein Kind. Und nun hat man mir alles genommen. Nicht nur meine Frau und mein Kind, sondern auch meinen Lebensunterhalt. Denn sie haben noch nie davon gesprochen fortzugehen. Ihrer Meinung nach bin ich überflüssig. Ich soll gehen. Das ist es, was ich Ihnen begreiflich machen möchte.

Sogar die Kunden. Das ist ganz allmählich so gekommen. Prou war nur einer meiner Arbeiter. Gewiß, er war intelligent und fleißig. Und er kann besser reden als ich. Er versteht es besser, mit den Kunden umzugehen, und vor allem mit den Kundinnen ...

Unmerklich hat er angefangen, den Chef zu spielen, und wenn die Leute wegen eines Auftrags anrufen, verlangen sie fast immer ihn. Wenn ich morgen verschwinden würde, würde das wohl kaum jemand bemerken. Würde wenigstens meine Tochter nach mir fragen? Nicht einmal das ist sicher. Mit ihm ist es lustiger als mit mir. Er erzählt ihr Geschichten, singt ihr Lieder vor, läßt sie auf den Schultern reiten.«

»Wie nennt ihn ihre Tochter?«

»Roger, wie meine Frau. Sie wundert sich nicht darüber, daß sie im selben Zimmer schlafen. Tagsüber wird meine Liege zusammengeklappt und in den

Schrank geschoben, als sei ich gar nicht da. Aber ich habe Sie allzu lange aufgehalten. Ich möchte mich bei Ihrer Frau entschuldigen, sie ist mir sicher böse.«

Diesmal war es Maigret, der ihn nicht gehen lassen wollte, denn jetzt wollte er alles wissen.

»Hören Sie, Monsieur Planchon...«

»Ja.«

»Seit zwei Monaten versuchen Sie, mich zu sprechen, um mir zu sagen:

›Ich habe die Absicht, meine Frau und ihren Geliebten umzubringen...‹

So ist es doch, oder nicht?«

»Ja.«

»Seit zwei Monaten leben Sie jeden Tag mit diesem Gedanken...«

»Ja... Es gibt keine andere Mög...«

»Einen Augenblick mal! Vermutlich warten Sie nicht darauf, daß ich Ihnen sage:

›Nur zu!‹«

»Das dürften Sie wohl gar nicht.«

»Aber Sie denken, ich sei der gleichen Ansicht wie Sie?«

Ein kurzes Aufleuchten in den Augen seines Gegenübers zeigte ihm, daß er nicht weit von der Wahrheit war.

»Entweder das eine oder das andere. Entschuldigen Sie, wenn ich jetzt ganz brutal werden muß. Entweder Sie wollen überhaupt niemand töten und das Ganze sind nur Wunschträume, die Ihnen der Alkohol eingibt.«

Planchon schüttelte traurig den Kopf.

»Lassen Sie mich ausreden. Oder aber, und das dürfte der Wahrheit näherkommen, Sie sind nicht wirklich dazu entschlossen und wollen, daß man Sie davon abbringt.«

Der Mann brachte sein ewig gleiches Argument vor:

»Es gibt keine andere Lösung.«

»Hatten Sie gedacht, ich würde eine Lösung finden?«

»Es gibt keine andere.«

»Gut. Nehmen wir einmal an, Sie hätten nicht recht. Dann sehe ich nur eine andere Möglichkeit. Sie haben wirklich den Plan gefaßt, Ihre Frau und deren Liebhaber zu töten. Sie sind sogar so weit gegangen, den Ort zu bestimmen, an dem Sie ihre Leichen loswerden wollen.«

»Ich habe an alles gedacht.«

»Und nun kommen Sie zu mir, dessen Aufgabe es ist, Verbrecher zu fangen.«

»Ich weiß.«

»Was wissen Sie?«

»Daß das nicht logisch erscheint.«

Sein verstockter Gesichtsausdruck zeigte, daß er trotzdem an seinem Vorhaben festhielt. Er hatte in seiner Jugend kein Geld gehabt, keinerlei Mittel, hatte nur eine unzureichende Schulbildung genossen. Soweit Maigret es beurteilen konnte, war er nicht besonders intelligent.

Nach dem Tod seiner Mutter allein in Paris, war es ihm dank seiner Beharrlichkeit dennoch innerhalb weniger Jahre gelungen, zum Chef eines kleinen, gut gehenden Geschäfts aufzusteigen.

Konnte man dann wirklich davon ausgehen, daß dieser Mann nicht logisch denken konnte? Auch wenn er angefangen hatte zu trinken?

»Sie haben eben über die Beichte gesprochen. Sie haben mir gesagt, daß Sie, wenn Sie noch zur Kirche gingen, sich einem Priester anvertraut hätten.«

»Ich glaube schon.«

»Was denken Sie, hätte Ihnen dieser Priester gesagt?«

»Ich weiß nicht. Wahrscheinlich hätte er versucht, mich von meinem Plan abzubringen.«

»Und ich?«

»Sie auch.«

»Sie wollen also, daß man Sie davon abbringt, daß man Sie davon abhält, eine Dummheit zu machen.«

Planchon wirkte plötzlich verstört. Eben noch hatte er Maigret voller Vertrauen, voller Hoffnung angesehen. Und jetzt sah es plötzlich so aus, als sprächen sie nicht die gleiche Sprache, als sei alles bisher Gesagte umsonst gewesen.

Er schüttelte den Kopf, und in seinem Blick lag irgendein Vorwurf, auf jeden Fall aber Enttäuschung. Er murmelte ganz leise:

»Das ist es nicht.«

Vielleicht war er nahe daran, seinen Hut zu nehmen, diesen vergeblichen Besuch zu beenden, zu gehen.

»Einen Augenblick noch, Planchon. Versuchen Sie, mir zuzuhören, anstatt sich in Ihre eigenen Gedanken zu verrennen.«

»Ich will es versuchen, Monsieur Maigret.«

»Welche Hilfe, welche Erleichterung hätte Ihnen Ihre Beichte bei einem Priester gegeben?«

Immer noch flüsternd antwortete er:

»Ich weiß nicht.«

Er war noch da, und doch schon weit weg. Er zog sich bereits in sich selbst zurück und hörte die Stimme des Kommissars nur noch so wie die unbekannten Stimmen abends in den Bistros, in denen er sich an die Theke lehnte.

»Hätten Sie die beiden trotz der Beichte getötet?«

»Ich glaube schon. Ich muß jetzt gehen.«

Maigret, den es innerlich ärgerte, daß er seinen Besucher enttäuschte, gab noch nicht auf, suchte nach einem Zipfelchen der Wahrheit, die manchmal zum Greifen nah zu sein schien.

»Sie wollen also nicht, daß man Sie von Ihrem Vorhaben abhält.«

»Nein.«

Und mit einem eigenartigen Lächeln fügte er hinzu:

»Solange man mich nicht ins Gefängnis steckt, ist das auch nicht möglich. Und solange ich nichts getan habe, kann man mich nicht ins Gefängnis stecken.«

»Dann wollen Sie also, daß ich Ihnen eine Art Absolution erteile. Sie wollen hören, daß man Sie versteht, daß Sie kein Ungeheuer sind und daß Ihr Plan die einzige Möglichkeit ist, die Ihnen bleibt.«

Er sagte noch einmal:

»Ich weiß es nicht.«

Er war so abwesend, daß Maigret ihn am liebsten geschüttelt und ihn angeschrien hätte, von Angesicht zu Angesicht, Auge in Auge.

»Hören Sie, Planchon.«

Auch er wiederholte sich. Das sagte er nun vielleicht schon zum zehnten Mal.

»Wie Sie eben gesagt haben, ich habe nicht das Recht, Sie einzusperren. Aber ich kann Sie überwachen lassen, selbst wenn ich damit nichts verhindern kann. Sie werden sofort festgenommen. Und nicht ich werde den Urteilsspruch fällen, sondern ein Gericht, das nicht unbedingt versuchen wird, Sie zu verstehen, sondern das vielleicht eher den Vorsatz sieht.

Sie haben mir gesagt, daß Sie in Paris keine Familienangehörigen haben.«

»Ich habe nirgends welche.«

»Was wird aus Ihrer Tochter? Während der monatelangen Ermittlungen und des Wartens auf den Prozeß? Und danach?«

Und wieder und wieder dieses:

»Ich weiß.«

»Und?«

»Nichts.«

»Was wollen Sie jetzt tun?«

»Ich weiß nicht. Ich weiß nicht mehr. Ich will es versuchen.«

»Was?«

»Mich daran zu gewöhnen.«

Maigret hätte ihm am liebsten ins Gesicht geschrien, daß er nach etwas anderem gefragt hatte.

»Was hindert Sie daran, fortzugehen?«

»Mit meiner Tochter?«

»Sie sind immer noch der Familienvorstand.«

»Und sie?«

»Sie meinen Ihre Frau?«

44

Planchon nickte verschämt. Dann sagte er:

»Und mein Geschäft?«

Ein Hinweis darauf, daß er auch die materielle Seite zu sehen vermochte.

»Ich muß abwarten.«

»Kommen Sie wieder?«

»Ich habe Ihnen alles gesagt. Ich habe Ihnen schon viel zuviel Zeit gestohlen. Ihre Frau...«

»Kümmern Sie sich nicht um meine Frau, sondern um sich selbst. Gut, kommen Sie also nicht wieder. Ich würde trotzdem gerne mit Ihnen in Verbindung bleiben. Vergessen Sie nicht, daß Sie es waren, der mich sprechen wollte.«

»Verzeihen Sie mir.«

»Sie rufen mich jeden Tag an?«

»Hier?«

»Hier oder in meinem Büro. Ich will nur, daß Sie anrufen.«

»Wozu?«

»Nur so. Um in Verbindung zu bleiben. Sie sagen mir einfach:

›Ich bin hier.‹

Das genügt.«

»Ich werde anrufen.«

»Jeden Tag?«

»Jeden Tag.«

»Und wenn Sie irgendwann das Gefühl haben, daß Sie kurz davor sind, Ihren Plan auszuführen, dann rufen Sie mich an?«

Er zögerte, schien das Für und Wider abzuwägen.

»Das würde heißen, daß ich es nicht tue«, brachte er schließlich hervor.

Er fing an zu feilschen, wie ein Bauer auf dem Viehmarkt.

»Sie müssen das verstehen, wenn ich anrufe, um Ihnen zu sagen...«

»Beantworten Sie meine Frage.«

»Ich werde mich bemühen.«

»Mehr will ich gar nicht. Und jetzt gehen Sie nach Hause.«

»Jetzt noch nicht.«

»Warum nicht?«

»Es ist noch nicht spät genug. Sie sind beide im Eßzimmer. Was soll ich da?«

»Dann ziehen Sie also wieder durch die Bistros?«

Er zuckte mit den Schultern, resigniert, warf einen Blick auf die Karaffe mit Schlehenwasser. Gereizt goß ihm Maigret schließlich ein letztes Glas ein.

»Ob Sie nun hier oder woanders trinken.«

Der Mann zögerte, das Glas in der Hand, ein wenig verschämt.

»Verachten Sie mich?«

»Ich verachte niemand.«

»Aber wenn Sie jemand verachten würden?«

»Dann sicherlich nicht Sie.«

»Sagen Sie das, um mir Mut zu machen?«

»Nein. Weil es meine Meinung ist.«

»Ich danke Ihnen.«

Diesmal hatte er seinen Hut in der Hand und sah um sich, als suche er noch etwas anderes.

»Ich möchte, daß Sie Ihrer Frau erklären...«

Maigret schob ihn sanft zur Tür.

»Ich habe Ihnen den Abend verdorben. Und ihr auch.«

Er stand auf dem Treppenabsatz, schon viel alltäglicher als in Maigrets Wohnung, ein kleiner, völlig unscheinbarer Mann, nach dem sich niemand auf der Straße umgedreht hätte.

»Auf Wiedersehen, Monsieur Maigret.«

Endlich war die Tür wieder geschlossen, und Madame Maigret kam aus der Küche gestürzt.

»Ich dachte schon, er würde überhaupt nicht mehr aufhören und du würdest ihn nie mehr loswerden. Fast wäre ich hineingegangen, damit du eine Ausrede gehabt hättest.«

Sie sah ihren Mann aufmerksam an.

»Du scheinst dir Sorgen zu machen.«

»So ist es.«

»Ein Verrückter?«

»Ich glaube nicht.«

Sie stellte ihm selten Fragen. Aber schließlich war der Mann bei ihnen zu Hause gewesen. Sie holte die Suppe und wagte dann doch, leise zu fragen:

»Was wollte er?«

»Beichten.«

Sie zuckte nicht mit der Wimper und setzte sich.

»Machst du den Fernseher nicht an?«

»Das Programm muß schon fast zu Ende sein.«

Wenn er früher samstagabends nicht am Quai des Orfèvres aufgehalten wurde, gingen sie zusammen ins Kino, nicht so sehr wegen der Unterhaltung, als um zusammen auszugehen. Eingehakt gingen sie zum

Boulevard Bonne-Nouvelle, und sie fühlten sich wohl so, ohne daß sie das Bedürfnis hatten, miteinander zu sprechen.

»Morgen«, sagte Maigret plötzlich, »gehen wir mal zum Montmartre.«

Arm in Arm, wie Sonntagsspaziergänger. Er wollte die Rue Tholozé sehen, im Hinterhof das Haus, in dem Léonard Planchon, seine Frau, seine Tochter Isabelle und Roger Prou wohnten.

Hatte er sich richtig verhalten? Hatte er sich falsch verhalten? Hatte er die richtigen Worte gefunden?

Hatte Planchon am Boulevard Richard-Lenoir das gefunden, was er gesucht hatte?

Jetzt war er wahrscheinlich gerade dabei, sich irgendwo zu betrinken, und wahrscheinlich überdachte er immer wieder, was er erzählt hatte.

Man konnte nicht wissen, ob ihn dieses so sehr herbeigesehnte und dann immer wieder verschobene Gespräch ein wenig beruhigt hatte oder ob es nicht zu einer Art Auslöser würde.

Es war das erste Mal, daß Maigret sich auf dem Treppenabsatz seines eigenen Hauses von einem Mann verabschiedete und sich fragte, ob dieser Mann nicht wenig später zwei Menschen töten würde.

Es konnte noch in dieser Nacht passieren, jeden Augenblick, vielleicht sogar gerade jetzt, als Maigret daran dachte.

»Was hast du?«

»Nichts. Die Geschichte ist mir nicht geheuer.«

Er überlegte, ob er das Polizeirevier des 18. Arrondissements anrufen sollte, um Planchons Haus überwachen zu lassen. Aber konnte man einen Posten ins Schlafzimmer stellen?

Ein Polizist auf der Straße würde nichts verhindern.

3

Es war ein Sonntagmorgen wie jeder andere, träge und leer und ein wenig eintönig. Wenn Maigret das Glück hatte, den Sonntagmorgen zuhause verbringen zu können, dann schlief er gewöhnlich lange. Und selbst wenn er nicht mehr müde war, blieb er im Bett, weil er gut wußte, daß er seiner Frau nicht »in die Quere kommen« sollte, solange sie nicht den größten Teil der Hausarbeit verrichtet hatte.

Er hörte fast immer, wie sie gegen sieben leise aufstand, aus dem Bett schlüpfte, auf Zehenspitzen zur Tür ging; gleich darauf war das Klicken des Lichtschalters im Zimmer nebenan zu hören, dann zeigte sich ein Lichtstreifen unter der Tür.

Er schlief wieder ein, ohne richtig aufzuwachen. Er wußte, daß es war wie immer, und diese Gewißheit nahm er mit in seinen Schlaf.

Es war nicht der normale Nachtschlaf, sondern der Sonntagmorgenschlaf, ein tieferer, genußvollerer Schlaf. Alle halbe Stunde hörte er die Glocken, und er dachte daran, wie leer die Straßen waren, daß kein Lastwagen, kaum ein Bus fuhr.

Er wußte auch, daß er heute keine Pflichten hatte, daß nichts ihn drängte, nichts dort draußen auf ihn wartete.

Später hörte er das gedämpfte Brummen des Staubsaugers in den anderen Räumen, und noch später stieg ihm der Kaffeeduft in die Nase, der ihm nie entging.

Gibt es nicht in allen Familien solche Gewohnheiten, an denen sie festhalten und die selbst die trübsten Tage aufhellen?

Er träumte von Planchon. Das heißt, er träumte nicht wirklich. Er sah ihn, wie am Vorabend, in ihrem Wohnzimmer, nur trat er diesmal anders auf. Statt Erregung und Verzweiflung lag auf den von der Hasenscharte entstellten Zügen eine sardonische Bösartigkeit. Obwohl der Mann die Lippen nicht bewegte, schien es Maigret, als sage er:

›Geben Sie doch zu, daß Sie mir recht geben, daß mir nichts anderes übrigbleibt, als sie zu töten? Sie wagen es nicht zu sagen, weil Sie Beamter sind und sich kompromittieren könnten. Aber Sie hindern mich nicht daran. Sie warten darauf, daß ich die beiden umbringe.‹

Eine Hand rüttelte ihn sanft an der Schulter, und eine vertraute Stimme sagte wie immer:

»Es ist neun Uhr.«

Seine Frau reichte ihm die erste Tasse Kaffee, die er immer trank, bevor er aufstand.

»Was für ein Wetter haben wir heute?«

»Es ist kalt. Und windig.«

Schon jetzt frisch und adrett in ihrem hellblauen Arbeitskittel, öffnete sie die Vorhänge. Der Himmel war weiß, auch die Luft wirkte weiß, eisig weiß.

Im Morgenmantel und in Pantoffeln setzte sich Maigret ins Eßzimmer, in dem schon alles aufgeräumt war. Der Morgen würde nach den Gewohnheiten verlaufen, die sich im Lauf der Jahre herausgebildet hatten.

War es nicht in den Wohnungen auf der anderen Seite des Boulevard Richard-Lenoir und in den meisten Wohnungen in Paris und anderswo genauso? Entsprachen diese kleinen Gewohnheiten, diese eingespielten Abläufe nicht einem bestimmten Bedürfnis?

»Woran denkst du?« fragte sie ihn.

Sie hatte bemerkt, daß er nachdenklich, verdrossen war.

»An den Mann, der gestern hier war.«

Planchons Frau weckte ihren Mann nicht mit heißem Kaffee. Wenn er nach dem unruhigen Schlaf des Trinkers seine Augen öffnete, fand er sich auf einer Liege wieder, im Eßzimmer, und er war es, der als erster aufstand und der vielleicht im Zimmer nebenan gleichmäßige Atemzüge hörte und wußte, daß dort zwei warme Körper entspannt in der Wärme des Bettes lagen.

Diese Vorstellung bewegte Maigret mehr als der lange Monolog Planchons am Abend zuvor. Planchon hatte vor allem von den Wochentagen gesprochen. Aber was war an den Sonntagen? Seine Arbeiter warteten nicht im Hof oder im Schuppen auf ihn. Und auch er hatte nichts zu tun. Nur waren es dort sicher Renée und ihr Geliebter, die lange schliefen.

Kochte Planchon Kaffee für alle, deckte er den Tisch? Kam seine Tochter, im Nachthemd und barfuß, mit verschlafenem Gesicht, zu ihm in die Küche?

Planchon hatte gesagt, sie stelle keine Fragen, dennoch konnte Isabelle sehen, was um sie herum geschah, und sich Gedanken darüber machen. Wie mochte sie über die Ehe im allgemeinen und die ihres Vaters im besonderen denken?

Maigret aß seine Croissants, während Madame Maigret begann, das Mittagessen vorzubereiten. Hin und wieder wechselten sie ein paar Worte durch die Küchentür. Er las die Abendzeitungen, zu denen er am Vorabend nicht gekommen war und die noch auf dem Tisch lagen, und die Wochenzeitschriften, die er sich immer für den Sonntagmorgen aufhob.

Auch der Anruf bei der Kriminalpolizei war eine Art Tradition. Vielleicht rief er heute nur etwas früher an und irgendwie beklommen.

Torrence hatte Sonntagsdienst. Er erkannte seine Stimme, stellte ihn sich in den fast menschenleeren Büros vor.

»Nichts Neues, Torrence?«

»Nichts Wichtiges, Chef, außer einem weiteren Schmuckdiebstahl letzte Nacht.«

»Wieder im Crillon?«

»Im Plazza, in der Avenue Montaigne.«

Aber er hatte doch in sämtlichen Luxushotels der Champs-Elysées und in der Umgebung einen Inspektor postiert.

»Wer war dort?«

»Vacher.«

»Hat er nichts gesehen?«

»Nichts. Der Dieb geht immer wieder gleich vor.«

Natürlich hatte man die Akten aller Juwelendiebe durchgesehen, auch die von Interpol. Das Vorgehen dieses Spezialisten konnte mit dem keines andern verglichen werden. Er beging seine Diebstähle Schlag auf Schlag, als wolle er innerhalb weniger Tage genug zusammenraffen, um sich dann eine Weile zur Ruhe zu setzen.

»Hast du jemand hingeschickt, der Vacher hilft?«

»Dupeu ist zu ihm gegangen. Im Augenblick können sie nichts unternehmen. Die meisten Gäste schlafen noch.«

Die nächste Frage mußte Torrence seltsam erscheinen:

»Im 18. Arrondissement ist nichts passiert?«

»Nichts, woran ich mich erinnern könnte. Moment, ich sehe in den Meldungen nach. Einen Augenblick. *Bercy. Bercy.* Ich gehe alle *Bercys* durch.«

Dies waren im Polizeijargon die mehr oder minder auffälligen Säufer, die man für den Rest der Nacht auf die Wache brachte.

»Eine Schlägerei, um drei Uhr fünfzehn, Place Pigalle. Ein Beischlafdiebstahl. Noch einer... Eine Messerstecherei vor einem Tanzlokal am Boulevard Rochechouard...«

Die übliche Bilanz eines Samstagabend.

»Kein Mord?«

»Nicht daß ich wüßte.«

»Danke. Schönen Sonntag noch. Ruf mich an, wenn es im Plazza etwas Neues gibt.«

Madame Maigret stand im Türrahmen; als er einhängte, fragte sie:

»Machst du dir Sorgen wegen des Mannes von gestern?«

Man sah ihm an, daß er nicht wußte, was er sagen sollte.

»Meinst du, er wird sie irgendwann umbringen?«

Als sie zu Bett gegangen waren, hatte er seiner Frau von der Beichte Planchons erzählt, leichthin, als nähme er die Geschichte nicht besonders ernst.

»Meinst du nicht, daß er geistesgestört ist?«

»Ich weiß nicht. Ich bin kein Psychiater.«

»Warum glaubst du, ist er hierhergekommen? Schon als ich ihn auf dem Treppenabsatz sah, war mir klar, daß das kein Besucher wie jeder andere war, und ich muß zugeben, daß ich mich vor ihm fürchtete.«

Was sollte die Grübelei? Ging ihn das Ganze überhaupt etwas an? Im Augenblick jedenfalls noch nicht. Er antwortete seiner Frau ausweichend, machte es sich in seinem Sessel bequem und vertiefte sich in die Zeitungen.

Er saß noch keine zehn Minuten, als er schon wieder aufstand, das Telefonbuch holte und den Namen Planchon, Léonard, Malermeister, Rue Tholozé heraussuchte.

Planchon hatte also seine wahre Identität angegeben. Maigret zögerte ein wenig, bevor er die Nummer wählte, schließlich tat er es doch, und während das Telefon in dem fremden Haus läutete, hatte er ein merkwürdiges Gefühl im Magen.

Zunächst dachte er, es sei niemand da, denn das Telefon klingelte lange. Schließlich hörte er ein Knakken und eine Stimme, die ihn fragte:

»Ja bitte?«

Die Stimme einer offenkundig nicht besonders gut gelaunten Frau.

»Ich hätte gern Monsieur Planchon gesprochen.«

»Ist nicht da.«

»Ist Madame Planchon am Apparat?«

»Ja, das bin ich.«

»Sie wissen nicht, wann Ihr Mann zurückkommt?«

»Er ist eben mit seiner Tochter weggegangen.«

Maigret fiel auf, daß sie *seine* Tochter sagte, und nicht *meine* Tochter oder *unsere* Tochter. Außerdem war noch jemand im Zimmer, der mit der Frau sprach, wohl um ihr zu sagen:

»Frage ihn, wie er heißt.«

Und tatsächlich fragte sie nach einer kurzen Pause:

»Wer ist am Apparat?«

»Ein Kunde. Ich rufe wieder an.«

Er hängte ein. Renée lebte ganz offensichtlich, Roger Prou anscheinend auch, und Planchon war mit seiner Tochter spazierengegangen, ein Beweis dafür, daß es in der Rue Tholozé wie anderswo auch gewisse Sonntagstraditionen gab.

Fast den ganzen Vormittag dachte er nicht mehr daran. Nachdem er seine Zeitungen ohne großes Interesse überflogen hatte, stand er am Fenster und beobachtete die Leute, die aus der Messe kamen. Sie gingen rasch, nach vorn gebeugt, das Gesicht blaugefroren. Während er sein Bad nahm und sich anzog, verbreitete sich schon der Duft aus der Küche in allen Ecken der Wohnung.

Am Mittag saßen sie beim Essen einander gegenüber, weil das Fernsehgerät nicht eingeschaltet war. Sie sprachen über die Tochter von Dr. Pardon, die ein zweites Kind erwartete, und über andere Dinge, die er wieder vergaß.

Als gegen drei Uhr das Geschirr gespült und die Wohnung wieder aufgeräumt war, schlug er vor:

»Wollen wir nicht einen kleinen Spaziergang machen?«

Madame Maigret zog ihren Persianer über. Er nahm seinen dicksten Schal.

»Wo willst du hingehen?«

»Zum Montmartre.«

»Ach ja. Du hast ja gestern davon gesprochen. Nehmen wir die Metro?«

»Dann hätten wir es wärmer...«

Sie stiegen an der Place Blanche aus und begannen, langsam die Rue Lepic hinaufzusteigen, in der die Fensterläden der Geschäfte geschlossen waren.

Auf der Höhe der Rue des Abbesses macht die Rue Lepic einen großen Bogen, während die Rue Tholozé direkt und steil hinaufführt und auf der Höhe der Moulin de la Galette wieder auf sie stößt.

»Wohnt er hier?«

»Ein wenig weiter oben. Gleich am Fuß der Treppe.«

Etwa auf halbem Wege entdeckte Maigret auf der linken Seite eine violett gestrichene Fassade, Neonröhrenbuchstaben, die abends leuchteten: *Bal des Copains.* Drei junge Leute standen davor, sie schienen auf jemand zu warten, drinnen hörte man Akkordeonmusik. Es wurde noch nicht getanzt. Der Akkordeonspieler übte hinten in dem fast dunklen Saal.

Hier hatte vor neun Jahren der Einzelgänger Planchon Renée kennengelernt, durch einen Zufall, weil es voll war und weil ein eiliger Kellner dem jungen Mädchen einen Platz an seinem Tisch zugewiesen hatte.

Ein wenig atemlos gingen die beiden Maigrets weiter. Zwischen den fünf- und sechsstöckigen Häusern sah man noch ein paar niedrige, die aus der Zeit stammten, in der Montmartre noch ein Dorf war.

Schließlich gelangten sie an ein offenes Tor, durch das man in einen gepflasterten Hof kam, an dessen Ende ein kleines Haus aus kieseligem Kalkstein stand, wie man sie oft in den Vororten sieht. Es war einstöckig, schon ziemlich verblichen in den Farben, ein wenig altertümlich, die Fenster waren mit gelben und roten Ziegeln eingefaßt. Fensterrahmen und Tür waren frisch gestrichen, in einem Blau, das sich nicht mit den anderen Farben vertrug.

»Wohnt er hier?«

Sie wagten nicht, stehenzubleiben, und begnügten sich damit, möglichst viel im Vorbeigehen zu sehen. Madame Maigret sollte sich später daran erinnern, daß die Vorhänge sehr sauber waren. Maigret selbst bemerkte die Leitern im Hof, eine Handkarre, einen Holzschuppen, hinter dessen Fenstern man Farbtöpfe erkennen konnte.

Der Lieferwagen stand nicht im Hof. Es gab keine Garage. Die Vorhänge bewegten sich nicht. Es gab keinerlei Lebenszeichen. Mußte man daraus schließen, daß Planchon, seine Frau, Isabelle und Prou alle miteinander spazierengefahren waren?

»Was machen wir jetzt?«

Maigret wußte es auch nicht. Er hatte das Haus einmal sehen wollen. Nachdem er es gesehen hatte, wußte er eigentlich nicht so recht weiter.

»Wenn wir schon hier sind, könnten wir ja zur Place du Tertre hinaufsteigen?«

Dort tranken sie eine Karaffe Rosé, und ein langmähniger Künstler bot ihnen an, ihr Portrait zu zeichnen.

Um 18 Uhr waren die Maigrets wieder zu Hause. Er telefonierte mit dem Quai des Orfèvres. Dupeu war zurückgekommen. Er hatte im Plazza noch nichts entdecken können. Einige Gäste, die in der Nacht ausgewesen waren, hatten noch gar nicht nach ihrem Frühstück geklingelt.

Diesmal ließ er sich das Fernsehprogramm nicht entgehen, obwohl ein Krimi gezeigt wurde, den er nicht besonders unterhaltsam fand.

Eigentlich genoß er die Monotonie der Sonntage, aber viel mehr noch den Augenblick, in dem er am Montagmorgen sein Büro wieder in Besitz nahm. Er meldete sich zurück und drückte seinen Kollegen die Hand. Jeder sprach mehr oder weniger von den Fällen, die er gerade bearbeitete, nur Maigret zog es vor, seinen Samstagsklienten nicht zu erwähnen. Hatte er Angst, sich lächerlich zu machen?

Montag war der einzige Tag, an dem jeder dem anderen die Hand gab. Er traf Lucas, Janvier, den jungen Lapointe und all die anderen, außer denen, die am Sonntag Dienst gehabt hatten, und alle hatten sie wie er den Sonntag in ihrer Familie verbracht.

Schließlich nahm er Lapointe und Janvier mit in sein Büro.

»Habt ihr noch die Karten, die wir im Fall Rémond anfertigen ließen?«

Der Fall lag schon mehrere Monate zurück. Es war Anfang Herbst gewesen, und es war darum gegangen, Beweise gegen einen gewissen Rémond zu finden, der unter verschiedenen Namen auftrat und verdächtigt wurde, in fast allen Ländern Europas Betrügereien begangen zu haben. Er wohnte in einem möblierten Studio in der Rue de Ponthieu. Um dort, ohne sein Wissen und ohne den Verdacht der Wirtin zu erregen, eindringen zu können, hatten Janvier und Lapointe sich eines Morgens mit amtlich aussehenden Ausweisen Zutritt verschafft, die von einem erfundenen Büro für die Neubewertung bebauter Flächen ausgestellt worden waren.

»Wir müssen jeden Raum und jeden Gang ausmessen«, hatten sie erklärt.

Unter dem Arm hatten sie eine Aktenmappe voller Papier getragen, und der junge Lapointe hatte sich mit gewichtiger Miene Notizen gemacht, während Janvier sein Maßband ausgerollt hatte.

Ihr Vorgehen war nicht ganz legal gewesen; aber der Trick hatte ihnen nicht zum ersten Mal nützliche Dienste geleistet, warum nicht auch dieses Mal?

»Ihr geht in die Rue Tholozé. Ganz oben rechts seht ihr ein Haus ganz hinten in einem Hof.«

Maigret hätte viel darum gegeben, das Haus, das ihn brennend interessierte, selbst in Augenschein nehmen zu können.

Er gab den beiden detaillierte Instruktionen, um sich, als sie gegangen waren, den laufenden Angelegenheiten zuzuwenden.

Der Himmel war immer noch weiß und klar, die Seine von einem unfreundlichen Grau. Kurz vor Mittag kamen Janvier und Lapointe zurück. Er nahm sich die Zeit, noch einige Schriftstücke zu unterzeichnen und nach Joseph zu klingeln, um sie ihm zu übergeben.

»Nun?«

Janvier berichtete.

»Wir haben geklingelt.«

»Das kann ich mir denken. Und die Frau hat euch aufgemacht. Wie sieht sie aus?«

Sie sahen einander an.

»Braunhaarig, ziemlich groß, eine gute Figur.«

»Eine hübsche Frau?«

Diesmal griff Lapointe ein:

»Ich würde eher sagen, ein hübsches Weibchen.«

»Wie war sie angezogen?«

»Sie trug einen roten Morgenrock und Pantoffeln. Sie war nicht gekämmt. Unter dem Morgenrock sah man ein gelbes Hemd.«

»Habt ihr ihre Tochter gesehen?«

»Nein. Sie war wohl in der Schule.«

»Stand der Lieferwagen im Hof?«

»Nein. Es war niemand in der Werkstatt.«

»Wie hat sie euch empfangen?«

»Mißtrauisch. Zuerst hat sie uns durch den Vorhang eines Fensters beobachtet. Dann hörten wir ihre Schritte im Korridor. Sie öffnete die Tür einen Spalt breit und fragte, wobei wir nur einen Teil ihres Gesichts sahen:

›Was ist? Ich brauche nichts.‹

Wir haben ihr erklärt, worum es sich handelt.«

»War sie nicht erstaunt?«

»Sie fragte:

›Machen Sie das überall in der Straße?‹

Und als wir ja sagten, ließ sie uns schließlich hinein.

›Wird es lange dauern?‹

›Höchstens eine halbe Stunde…‹

›Müssen Sie das ganze Haus ausmessen?‹«

Und dann schilderten die beiden Inspektoren ihre Eindrücke. Am meisten hatte sie die Küche beeindruckt.

»Eine wunderschöne Küche, Chef, sehr hell, modern, mit allem, was dazugehört. Auf solch eine Küche ist man in einem alten Haus nicht gefaßt. Sogar eine Spülmaschine ist da.«

Das erstaunte Maigret nicht. Paßte es nicht zu Planchon, seiner Frau jeden nur möglichen Komfort zu bieten?

»Im Grunde wirkt das Haus sehr heiter. Man sieht gleich, daß es einem Maler gehört, denn alles scheint frisch gestrichen zu sein. Im Zimmer der Kleinen sind die Möbel rosa lackiert.«

Auch dieses Detail entsprach dem Wesen des Samstagsklienten.

»Was ist euch noch aufgefallen?«

»Neben der Küche liegt ein ziemlich großes Wohnzimmer, das als Eßzimmer dient und rustikal eingerichtet ist…«

»Habt ihr die Liege gefunden?«

»Ja, im Schrank.«

Janvier fügte hinzu:

»Ich sagte ganz beiläufig:

›Das ist praktisch, wenn man Freunde zum Übernachten hat.‹«

»Und sie hat nicht mit der Wimper gezuckt?«

»Nein. Sie ging uns immer hinterher und beobachtete, was wir taten, weil sie wohl nicht ganz davon überzeugt war, daß wir von einem Amt kamen. Zwischendurch fragte sie:

›Wozu dient das ganze eigentlich?‹

Ich habe ihr die übliche Geschichte erzählt: daß es wegen den Änderungen in der Bebauung von Zeit zu Zeit notwendig sei, zu überprüfen, ob die Besitzer noch angemessen besteuert würden, und daß sie nur zu gewinnen hätten, wenn das Haus nicht vergrößert worden sei.«

»Ich halte sie nicht für besonders intelligent, aber sie ist auch keine Frau, die sich so leicht etwas vormachen läßt. Einmal dachte ich schon, sie würde den Hörer abnehmen und versuchen, unser angebliches Büro anzurufen.«

»Deshalb haben wir uns beeilt. Im Erdgeschoß sind zwei weitere Räume, ein Schlafzimmer und ein kleinerer Raum, der als Büro dient und in dem das Telefon angeschlossen ist…«

»Auch das Schlafzimmer wirkte sehr freundlich. Es war noch nicht ganz aufgeräumt, und alles lag noch herum. Das Büro sieht aus wie alle Büros von kleinen Handwerkern, mit einigen Ordnern, aufgespießten

Rechnungen, einem Dauerbrenner und Mustern, die sich auf dem Kaminsims stapeln.«

»Das Bad ist nicht im Erdgeschoß, sondern im ersten Stock, neben dem Zimmer der Kleinen.«

»Ist das alles?«

Lapointe griff ein.

»Während wir da waren, rief jemand an. Sie ließ ihn seinen Namen zweimal wiederholen, schrieb ihn auf einen Notizblock und sagte:

›Nein, im Augenblick ist er nicht da... Er ist auf einer Baustelle... Wie?... Monsieur Prou, ja... Ich werde es ihm ausrichten, und er kommt bei Ihnen vorbei, wahrscheinlich heute nachmittag.‹«

»Und nun, Chef, wenn Sie die Größe der einzelnen Zimmer interessiert.«

Ihr Auftrag war erledigt. Maigret war zwar nicht wesentlich weitergekommen, aber er hatte wenigstens eine genauere Vorstellung von dem Haus, und es war genau so, wie er es sich gedacht hatte.

Arbeiteten die beiden Männer, der Ehemann und der Liebhaber, am selben Arbeitsplatz, oder waren sie lieber auf verschiedenen Baustellen? Waren sie nicht durch ihre Arbeit gezwungen, miteinander zu sprechen? Und in welchem Ton taten sie es?

Maigret ging zum Mittagessen nach Hause und fragte seine Frau, ob für ihn angerufen worden sei. Es hatte niemand angerufen, und erst kurz nach sechs Uhr wurde ihm in seinem Büro der Anruf durchgestellt, auf den er wartete.

»Hallo! Monsieur Maigret?«

»Am Apparat.«

Artiste: Piergiorgio Piffaretti

MERLOT DEL
TICINO 1990
DENOMINAZIONE DI ORIGINE

SA FRATELLI VALSANGIACOMO FU VITTORE - CHIASSO

»Hier spricht Planchon.«

»Wo sind Sie?«

»In einem Café an der Place des Abbesses, ganz in der Nähe des Hauses, in dem ich den ganzen Tag gearbeitet habe. Ich halte mein Wort. Sie wollten, daß ich Sie anrufe.«

»Wie fühlen Sie sich jetzt?«

Schweigen.

»Sind Sie ruhig?«

»Ich bin immer ruhig. Ich habe viel nachgedacht.«

»Sie waren gestern vormittag mit Ihrer Tochter spazieren?«

»Woher wissen Sie das? Ich bin mit ihr zum Flohmarkt gefahren.«

»Und am Nachmittag?«

»Haben sie den Wagen genommen.«

»Alle drei?«

»Ja.

»Sie sind zu Hause geblieben?«

»Ich habe geschlafen.«

Dann war er also im Haus gewesen, als Maigret und seine Frau vor dem Hoftor vorbeigingen.

»Ich habe viel nachgedacht...«

»Und zu welchem Ergebnis sind Sie gekommen?«

»Ich weiß nicht. Zu keinem. Ich will versuchen, so lange wie möglich durchzuhalten. Im Grunde frage ich mich, ob ich wirklich will, daß sich etwas ändert. Wie Sie ja vorgestern gesagt haben, könnte ich Isabelle verlieren.«

Maigret hörte das Klirren von Gläsern, ein entferntes

Stimmengemurmel, dann das Klappern einer Registrierkasse.

»Rufen Sie mich morgen wieder an?«

Der Mann am anderen Ende der Leitung zögerte.

»Meinen Sie, das nützt etwas?«

»Ich möchte gern, daß Sie mich jeden Tag anrufen.«

»Vertrauen Sie mir nicht?«

Was sollte er darauf antworten?

»Ich werde schon durchhalten!«

Er hörte ein leises, trauriges Lachen.

»Nachdem ich schon zwei Jahre durchgehalten habe! Ich bin feige genug, um noch lange so weiterzumachen. Schließlich bin ich doch ein Feigling, oder nicht? Geben Sie zu, daß Sie mich dafür halten. Anstatt wie ein Mann zu handeln, habe ich mich bei Ihnen ausgeweint.«

»Es war richtig, daß Sie zu mir gekommen sind, und Sie haben sich nicht ausgeweint.«

»Verachten Sie mich nicht?«

»Nein.«

»Sie haben sicherlich alles Ihrer Frau erzählt, kaum daß ich zur Tür hinaus war.«

»Auch nicht.«

»Hat sie Sie nicht gefragt, was das für ein Verrückter war, der Ihnen das Abendessen verdorben hat?«

»Sie stellen sich zu viele Fragen, Monsieur Planchon. Sie beobachten sich zu viel.«

»Verzeihen Sie mir.«

»Gehen Sie nach Hause.«

»Nach Hause?«

Maigret wußte nicht mehr, was er ihm noch sagen

sollte. Er konnte sich nicht erinnern, jemals in seinem Leben so ratlos gewesen zu sein.

»Zum Donnerwetter nochmal, es ist doch schließlich Ihr Haus, oder nicht? Wenn Sie nicht dahin zurückwollen, gehen Sie anderswohin. Aber hängen Sie nicht in den Bistros herum, wo Sie sich doch nur noch weiter in Ihre Erregung hineinsteigern.«

»Sie ärgern sich.«

»Ich ärgere mich nicht. Ich will nur, daß Sie aufhören, immer wieder dasselbe wiederzukäuen.«

Maigret ärgerte sich über sich selbst. Vielleicht war es nicht richtig, so mit Planchon zu reden. Aber es ist einfach schwierig, besonders am Telefon, die richtigen Worte einem Mann gegenüber zu finden, der vorhat, seine Frau und seinen Vorarbeiter zu töten.

Die Situation war absurd. Obendrein hätte man meinen können, Planchon könnte Gedanken lesen. Maigret ärgerte sich zwar nicht wirklich über ihn, aber er grollte ihm doch, weil er ihn mit dieser Geschichte behelligte, die er seinen Kollegen nicht erzählen konnte, aus Angst, sie könnten ihn für naiv halten.

»Beruhigen Sie sich, Monsieur Planchon.«

Es fiel ihm nichts anderes ein als solche dummen Bemerkungen, die man immer zur Hand hat, wenn man jemand trösten will.

»Vergessen Sie nicht, mich morgen wieder anzurufen. Und machen Sie sich klar, daß das, was Sie vorhaben, nichts besser machen würde, ganz im Gegenteil.«

»Ich danke Ihnen.«

Das kam nicht aus ehrlichem Herzen. Planchon war

enttäuscht. Er kam gerade von der Arbeit und hatte wohl noch nicht genug getrunken, um die Dinge so düster sehen zu können wie etwa am Samstagabend.

Wenn er nüchtern war, machte er sich sicherlich nichts vor. Welches Bild hatte er wohl von sich selbst, von der lächerlichen und erbärmlichen Rolle, die er im eigenen Haus spielte?

Sein »Ich danke Ihnen« hatte bitter geklungen, und Maigret hätte gern noch etwas zu ihm gesagt, aber Planchon hatte eingehängt. Es gab noch eine andere Lösung, die Planchon am Samstag nur angedeutet hatte und die den Kommissar plötzlich beunruhigte.

Würde Planchon jetzt, wo er seine Situation ganz klar sah, weil er mit jemand darüber gesprochen hatte, wo er sich nichts mehr vormachen konnte, versucht sein, alles dadurch zu beenden, daß er sich umbrachte?

Hätte Maigret gewußt, von wo aus er angerufen hatte, dann hätte er sofort zurückgerufen. Aber was hätte er ihm sagen sollen?

Eigentlich ging ihn das Ganze doch wirklich nichts an!

Schließlich war es doch nicht seine Sache, sich hier einzumischen. Seine Aufgabe war es nicht, Ordnung in das Leben der Menschen zu bringen, sondern die zu finden, die ein Verbrechen oder ein anderes Delikt verübt hatten.

Er arbeitete noch eine Stunde lang geradezu fieberhaft an dem Fall der Schmuckdiebstähle, dessen Aufklärung wahrscheinlich noch Wochen dauern würde. Sicher schien, daß der Dieb jedes Mal in dem Hotel abgestiegen war, in dem der Schmuck verschwand. Die

Diebstähle waren in vier verschiedenen Hotels und jeweils in einem Abstand von zwei oder drei Tagen begangen worden.

Unter diesen Umständen schien es leicht, eine Liste der Hotelgäste aufzustellen und den- oder diejenigen zu fassen, die auf sämtlichen Listen auftauchten. Nur hatte sie das nicht weiter gebracht. Und die Hinweise der Portiers hatten auch nicht zu neuen Erkenntnissen geführt.

Wochen würde die Aufklärung noch dauern. Vielleicht Monate, und es war möglich, daß die Affäre in London, in Cannes oder in Rom endete, wenn man nicht sogar eine Spur fand, die zu einem Hehler in Antwerpen oder Amsterdam führte.

Und dennoch war dies weniger deprimierend, als sich mit jemand wie Planchon zu befassen. Maigret fuhr in einem Taxi nach Hause, denn es war schon spät. Er aß zu Abend, sah fern, ging schlafen und wurde durch den üblichen Kaffeeduft geweckt.

Im Büro sagte er in brummigem Ton:

»Verbinde mich mit dem Kommissariat des 18. Arrondissements... Hallo! Ist dort das 18.?... Bist du es, Bernard?... Nichts Interessantes letzte Nacht?... Nein... Kein Mord?... Niemand verschwunden?... Hör mal! Ich möchte, daß du ein Haus ganz oben in der Rue Tholozé, gleich am Fuß der Treppe, unauffällig überwachen läßt... Ja... Natürlich nicht rund um die Uhr... Nur nachts... Nur ein Blick bei jeder Runde... Damit wir zum Beispiel wissen, ob der Lieferwagen des Malermeisters noch im Hof steht... Ich danke dir... Wenn er nachts nicht da ist, soll man mich zu Hause anrufen... Nichts Genaues... Eine vage Idee... Du weißt ja, wie das ist... Danke, mein Lieber!«

Wieder ein Tag voller Routine, Verhöre, nicht nur im Fall der Schmuckdiebstähle, sondern auch in zwei oder drei weniger wichtigen Fällen.

Von sechs Uhr an lauerte Maigret auf das Läuten des Telefons. Zweimal rief jemand an, aber es war nicht Planchon. Um halb sieben, um sieben hatte er immer noch nicht angerufen, und Maigret ärgerte sich darüber, daß er nervös wurde.

Während des Tages konnte nichts passiert sein. Es erschien unwahrscheinlich, daß Planchon es etwa ausgenutzt hatte, daß seine Tochter in der Schule war, daß er in dieser Zeit seine Frau getötet und Prou bei seiner Heimkehr ebenfalls umgebracht hatte.

Maigret hatte ihn übrigens gar nicht gefragt, welche Waffe er verwenden wollte. Hatte der Malermeister ihm nicht gesagt, sein Doppelmord sei bis in alle Einzelheiten vorbereitet?

Einen Revolver besaß er wohl nicht, und selbst wenn er einen hatte, würde er ihn sicher nicht benutzen. Männer wie er, das heißt, die meisten Handwerker, nehmen eher ein Werkzeug, das ihnen vertraut ist.

Welches Werkzeug würde wohl ein Maler...

Er mußte lachen, als er an einen Pinsel dachte.

Um Viertel nach sieben hatte noch immer niemand angerufen, und er ging nach Hause. Das Telefon läutete weder während des Essens noch im Verlauf des Abends.

»Denkst du immer noch daran?« fragte ihn seine Frau.

»Nicht immer natürlich, aber es läßt mir keine Ruhe.«

»Du hast mir einmal gesagt, Hunde, die bellen, beißen nicht.«

»Ja, selten. Aber es kommt vor.«

»Hast du dich erkältet?«

»Vielleicht am Sonntag, auf dem Montmartre. Klinge ich verschnupft?«

Sie holte ihm ein Aspirin, und er schlief die ganze Nacht durch. Als er aufwachte, regnete es.

Er wartete bis zehn Uhr, ehe er das Kommissariat im 18. Arrondissement anrief.

»Bernard?«

»Ja, Chef.«

»Alles in Ordnung in der Rue Tholozé?«

»Alles in Ordnung. Der Wagen stand die ganze Nacht im Hof.«

Erst um sieben Uhr abends, als er immer noch keine Neuigkeiten hatte, beschloß er, in der Rue Tholozé anzurufen. Eine unbekannte Männerstimme antwortete ihm:

»Planchon? Ja, das ist hier. Aber er ist nicht da. Nein, heute abend auch nicht.«

Maigret hatte den Eindruck, daß der andere am liebsten gleich wieder eingehängt hätte, daß er aber im letzten Moment zögerte, irgendwie mißtrauisch geworden. Der Kommissar beeilte sich zu fragen:

»Und Madame Planchon?«

»Sie ist weggegangen.«

»Ist sie heute abend auch nicht zu Hause?«

»Sie muß jeden Augenblick zurückkommen. Sie wollte nur eben um die Ecke, etwas einkaufen.«

Wieder eine Pause. Maigret konnte sogar Prous Atmen hören.

»Was wollen Sie von ihr? Wer sind Sie?«

Er war nahe daran, sich als Kunde auszugeben, ihm irgend etwas zu erzählen. Doch dann entschloß er sich einzuhängen.

Er hatte den Mann vom anderen Ende der Leitung noch nie gesehen. Das wenige, was er über ihn wußte, hatte er von Planchon erfahren, und der hatte guten Grund, parteiisch zu sein.

Aber kaum hatte er die Stimme von Renées Geliebtem gehört, fand er ihn auch schon unsympathisch, und er ärgerte sich über sich selbst. Es lag nicht an dem, was der Malermeister ihm erzählt hatte, vielmehr war es die Stimme selbst, der schleppende und aggressive Tonfall. Maigret hätte schwören können, daß Prou in der Rue Tholozé mißtrauisch den Apparat anstarrte, daß er Fragen niemals direkt beantwortete.

Er gehörte zu jener Art von Männern, die er nur zu gut kannte, die nichts so leicht aus der Fassung bringt, die einen spöttisch von oben bis unten mustern und bei der ersten unangenehmen Frage ihre dichten Brauen runzeln.

Hatte er wirklich dichte Brauen? Und einen niedrigen Haaransatz?

Schlecht gelaunt ordnete Maigret seine Papiere und rief wie immer Joseph herein.

»Ist niemand mehr da für mich?«

Dann sah er im Büro der Inspektoren vorbei.

»Wenn jemand nach mir fragt, ich bin zu Hause.«

Auf dem Quai spannte er seinen Schirm auf. Auf der Plattform des Busses stand er dicht neben einem Mann, von dessen Regenmantel das Wasser tropfte.

Bevor er sich zu Tisch setzte, rief er noch einmal in der Rue Tholozé an. Er war mit Gott und der Welt unzufrieden. Er ärgerte sich über Planchon, der ihn mit seiner zugleich lächerlichen und rührenden Geschichte behelligt hatte, er ärgerte sich über Prou, Gott mochte wissen, warum, er ärgerte sich über sich selbst. Und fast ärgerte er sich über seine Frau, die ihn beunruhigt ansah.

Ließen sie sich immer soviel Zeit, bevor sie den Hörer abnahmen? Man hätte meinen können, das Telefon läutete ins Leere. Dann erinnerte er sich daran, daß das Telefon im Büro stand. Sicher aßen sie nicht im Eßzimmer, sondern in der Küche, so daß es eine Weile dauerte, bis jemand am Telefon sein konnte.

»Hallo!...«

Endlich nahm jemand ab! Eine Frau.

»Madame Planchon?«

»Ja. Wer ist am Apparat?«

Sie klang ganz natürlich, eine ziemlich ernste, nicht unangenehme Stimme.

»Ich hätte gern mit Léonard gesprochen.«

»Er ist nicht hier.«

»Wissen Sie nicht, wann er zurückkommt? Ich bin ein Freund von ihm.«

Diesmal schwieg sie, wie Prou zuvor. Stand er neben ihr? Wechselten sie einen fragenden Blick?

»Was für ein Freund?«

»Sie kennen mich nicht. Ich sollte ihn heute abend treffen...«

»Er ist weggegangen...«

»Für lange?«

»Ja.«

»Können Sie mir sagen, wann er zurückkommt?«

»Ich habe keine Ahnung.«

»Ist er in Paris?«

Wieder ein Zögern.

»Kann sein, aber er hat mir keine Adresse hinterlassen. Schuldet er Ihnen Geld?«

Maigret hängte wieder ein. Und Madame Maigret, die gehört hatte, was er sagte, fragte, als sie ihm seine Suppe in den Teller schöpfte:

»Ist er verschwunden?«

»Es sieht so aus.«

»Glaubst du, er hat sich umgebracht?«

Er brummte:

»Ich glaube gar nichts.«

Er sah seinen Gast im Wohnzimmer vor sich, die weißen Knöchel, als er seine Hände zusammenpreßte, und vor allem die hellen Augen, die sich flehend auf ihn hefteten.

Planchon hatte getrunken und stand unter einer inneren Spannung. Er redete viel. Maigret hatte sich davon gefangennehmen lassen. Es gab eine Menge präziser Fragen, die er ihm hätte stellen sollen und die er ihm nicht gestellt hatte.

Nachdem er gegessen hatte, rief er das Überfallkommando an. Um diese Zeit aßen die diensthabenden Polizisten gewöhnlich etwas und beobachteten dabei ihre Geräte. Der Mann am Telefon sprach mit vollem Mund.

»Nein, Chef. Kein Selbstmord, seit ich hier bin. Warten Sie, ich sehe die Meldungen von heute durch. Einen Augenblick. Eine alte Frau, die sich in der Rue Barbès aus dem Fenster gestürzt hat. Eine Leiche, die kurz vor fünf am Pont de Saint-Cloud aus der Seine gefischt wurde. Ihrem Aussehen nach hat sie rund zehn Tage im Wasser gelegen. Sonst nichts.«

Es war Mittwochabend. Am anderen Morgen kritzelte Maigret in seinem Büro etwas auf ein Blatt Papier.

Am Samstagabend hatte Planchon bei ihm zu Hause, am Boulevard Richard-Lenoir, auf ihn gewartet.

Am Sonntagmorgen hatte der Kommissar zum ersten Mal in der Rue Tholozé angerufen, und Madame Planchon hatte ihm gesagt, ihr Mann sei mit seiner Tochter ausgegangen.

Diese Angabe war richtig, der Malermeister hatte es

75

ihm später bestätigt. Isabelle und ihr Vater waren Hand in Hand zum Flohmarkt in Saint-Quen gegangen.

Am Nachmittag desselben Sonntags waren Maigret und seine Frau auf ihrem Spaziergang vor dem Haus vorbeigegangen. Der Lieferwagen stand nicht im Hof. Man sah niemand hinter den Gardinen, aber Maigret hatte später, wiederum durch Planchon, erfahren, daß er im Haus gewesen war und geschlafen hatte.

Montag morgen: Janvier und Lapointe waren mehr oder minder legal in das Haus in der Rue Tholozé gelangt und hatten unter den mißtrauischen Blicken Renées alle Räume angesehen, die sie angeblich vermessen sollten.

Am Nachmittag rief Léonard Planchon am Quai des Orfèvres an, wie er sagte, von einem Café an der Place des Abbesses aus, und außer Stimmengemurmel und Gläserklirren hatte man die Geräusche einer Registrierkasse gehört.

Die letzten Worte des Mannes waren gewesen:
»Ich danke Ihnen!«

Er hatte weder von einer Reise noch gar von Selbstmord gesprochen. Diese Lösung hatte er nur vage am Samstag angedeutet und dann aber wieder verworfen, weil er Isabelle nicht in den Händen Renées und ihres Liebhabers zurücklassen wollte.

Am Dienstag rief er nicht mehr an. Für alle Fälle, und um sein Gewissen zu beruhigen, bat Maigret die Polizei des 18. Arrondissements, das Haus in der Rue Tholozé während der Nacht zu überwachen. Nicht rund um die Uhr. Die Polizisten warfen auf ihrem Rundgang nur einen Blick auf das Haus, um sich zu vergewissern, daß sich nichts Außergewöhnliches zutrug und daß der Lieferwagen noch im Hof stand. Er stand noch da.

Mittwoch schließlich. Nichts. Kein Anruf von Planchon. Und als der Kommissar gegen sieben Uhr abends selbst anrief, antwortete ihm Roger Prou, daß der Malermeister an diesem Abend nicht zu Hause sein würde. Er äußerte sich vage, vorsichtig. Renée war in diesem Augenblick auch nicht zu Hause.

Doch wie ihr Liebhaber gesagt hatte, war sie eine Stunde später zurück, und aus ihren Antworten wurde deutlich, daß sie nicht damit rechnete, ihren Mann in nächster Zeit zu sehen.

Wie jeden Morgen ging Maigret zum Rapport, aber auch jetzt noch vermied er es, von diesem Fall zu sprechen, der offiziell gar nicht existierte. Kurz nach zehn Uhr verließ er im eisigen Nieselregen das Gebäude der Kriminalpolizei. Er nahm ein Taxi und ließ sich in die Rue Tholozé fahren.

Er wußte noch nicht, wie er vorgehen sollte. Er hatte noch keinen bestimmten Plan.

»Soll ich warten?« fragte der Chauffeur.

Er bezahlte lieber gleich, denn es konnte länger dauern.

Der Lieferwagen stand nicht im Hof, aber ein Arbeiter in einem weißen Malerkittel voller Farbflecken war im Schuppen beschäftigt. Maigret ging zum Haus und klingelte. Im ersten Stockwerk ging ein Fenster auf, direkt über seinem Kopf, doch er rührte sich nicht. Dann hörte er Schritte auf der Treppe, die Tür wurde einen Spalt breit geöffnet, wie bei Janvier und Lapointe, er sah schwarzes, zerzaustes Haar, fast ebenso schwarze Augen, ein sehr blasses Gesicht, den Farbfleck eines roten Morgenrocks.

»Was wollen Sie?«

»Ich möchte mit Ihnen sprechen, Madame Planchon.«

»Weswegen?«

Die Tür war kaum fünfzehn Zentimeter weit geöffnet.

»Wegen Ihres Mannes.«

»Er ist nicht hier.«

»Ich muß ihn sehen, deshalb wollte ich mit Ihnen sprechen.«

»Was wollen Sie von ihm?«

Er entschloß sich schließlich zu sagen:

»Polizei.«

»Haben Sie einen Ausweis?«

Er zeigte ihr seine Dienstmarke. Jetzt öffnete sie die Tür und trat zur Seite, um ihn hereinzulassen.

»Entschuldigen Sie. Ich bin allein im Haus, und die letzten Tage hat es mehrere mysteriöse Telefonanrufe gegeben.«

Sie sah ihn scharf an, vielleicht fragte sie sich, ob er der Anrufer gewesen war.

»Kommen Sie herein! Es ist noch nicht aufgeräumt.«

Sie führte ihn ins Wohnzimmer, in dem mitten auf dem Teppich ein Staubsauger lag.

»Was hat mein Mann getan?«

»Ich muß Kontakt zu ihm aufnehmen, um ihm einige Fragen zu stellen.«

»Hat er sich geprügelt?«

Sie deutete auf einen Stuhl, zögerte, sich selbst zu setzen, hielt ihren Morgenrock zu.

»Warum fragen Sie das?«

»Weil er seine Abende und manche Nächte in den Bistros verbringt, und wenn er getrunken hat, wird er leicht gewalttätig.«

»Hat er Sie schon einmal geschlagen?«

»Nein. Das würde ich mir auch nicht gefallen lassen. Aber bedroht hat er mich schon.«

»Was für Drohungen waren das?«

»Er wolle Schluß mit mir machen. Mehr hat er nicht gesagt.«

»Ist das öfter vorgekommen?«

»Mehrmals, ja.«

»Wissen Sie, wo er sich im Augenblick aufhält?«

»Ich weiß es nicht, und ich will es auch gar nicht wissen.«

»Wann haben Sie ihn zum letzten Mal gesehen?« Sie dachte eine Weile nach.

»Warten Sie... Heute ist Donnerstag... Gestern Mittwoch... Vorgestern Dienstag... Am Montagabend...«

»Um welche Uhrzeit?«

»Spätabends.«

»Erinnern Sie sich nicht mehr daran, wie spät es war?«

»Es war wohl gegen Mitternacht.«

»Haben Sie schon geschlafen?«

»Ja.«

»Allein?«

»Nein! Ich weiß nicht, warum ich Sie belügen sollte.

Jeder hier im Viertel weiß Bescheid, und ich muß dazu sagen, daß jeder es richtig findet, mit Roger und mir. Wenn mein Mann nicht so stur wäre, wären wir schon längst verheiratet.«

»Sie wollen damit sagen, Sie haben einen Geliebten?«

Sie sah ihm direkt in die Augen und antwortete nicht ohne Stolz:

»Ja.«

»Lebt er hier im Haus?«

»Na und? Wenn Planchon nicht begreifen will und sich weigert, in eine Scheidung einzuwilligen, dann muß man eben...«

»Schon lange?«

»Seit bald zwei Jahren.«

»Hat Ihr Mann sich mit dieser Situation abgefunden?«

»Er ist schon seit einer Ewigkeit nur noch auf dem Papier mein Mann. Und er ist auch schon lange kein richtiger Mann mehr. Ich weiß nicht, was Sie von ihm wollen. Was er außer Haus tut, interessiert mich nicht. Ich kann Ihnen nur eins mit Sicherheit sagen, er ist ein Säufer, der zu nichts mehr imstande ist. Ohne Roger gäbe es das Geschäft nicht mehr.«

»Ich möchte gern auf den Montagabend zurückkommen. Sie haben hier in diesem Zimmer geschlafen?«

Die Tür stand ein wenig offen, und man konnte eine orangefarbene Decke erkennen.

»Ja.«

»Mit dem Mann, den Sie Roger nennen.«

»Roger Prou, ein anständiger Mann, der nicht trinkt und der sich vor keiner Arbeit scheut.«

Sie sprach mit Stolz von ihm, und man merkte, daß sie jedem die Augen ausgekratzt hätte, der es gewagt hätte, etwas Schlechtes über ihn zu sagen.

»Ihr Mann hatte mit Ihnen gegessen?«

»Nein. Er war nicht nach Hause gekommen.«

»Kam das öfter vor?«

»Ziemlich oft. Ich begreife allmählich, wie das ist mit Trinkern. Eine Zeitlang nehmen sie sich noch zusammen, bewahren noch eine gewisse Würde. Aber schließlich trinken sie so viel, daß sie keinen Hunger mehr haben. Sie trinken, anstatt etwas zu essen.«

»War Ihr Mann schon so weit?«

»Ja.«

»Und trotzdem arbeitete er weiter? Hätte er nicht von einer Leiter oder einem Gerüst fallen können?«

»Tagsüber trank er nicht, oder kaum. Aber seine Arbeit! Wenn man auf ihn angewiesen wäre.«

»Sie haben eine Tochter, glaube ich?«

»Woher wissen Sie das? Sie haben wohl die Concierge ausgefragt? Egal, schließlich haben wir nichts zu verbergen. Ja, ich habe eine Tochter. Sie wird sieben.«

»Am Montag haben Sie also zusammen gegessen, dieser Roger Prou, Sie und Ihre Tochter.«

»Ja.«

»Hier in diesem Zimmer?«

»In der Küche. Ich sehe nicht, was das für einen Unterschied machen sollte. Wir essen fast immer in der Küche. Ist das ein Verbrechen?«

Sie wurde ungeduldig, war verunsichert durch die Wendung, die das Verhör nahm.

»Ich nehme an, daß Ihre Tochter als erste zu Bett ging?«

»Natürlich.«

»Im ersten Stock?«

Sie war offensichtlich erstaunt darüber, daß er so gut informiert war. Hatte sie schon einen Zusammenhang zwischen ihm und den beiden Männern hergestellt, die die Räume des Hauses vermessen hatten?

Jedenfalls blieb sie ziemlich ruhig. Sie beobachtete ihren Besucher unverwandt, und plötzlich stellte sie eine Frage:

»Sagen Sie, sind Sie nicht der berühmte Kommissar Maigret?«

Er nickte, und sie runzelte die Brauen. Daß irgendein Polizist, ein Inspektor aus dem Viertel zum Beispiel, sich über das Tun und Lassen ihres Mannes erkundigte, wäre in Anbetracht seiner abendlichen Streifzüge nichts Besonderes gewesen. Aber daß sich Maigret persönlich hierherbemühte...

»Es muß sich also um etwas sehr Wichtiges handeln.«

Und mit einer gewissen Ironie stieß sie hervor:

»Sie wollen mir doch nicht sagen, er habe jemand umgebracht?«

»Glauben Sie, er wäre dazu fähig?«

»Ich glaube, er wäre zu allem fähig. Wenn es mit einem Mann erst einmal so weit gekommen ist.«

»War er bewaffnet?«

»Ich habe hier im Haus noch nie eine Waffe gesehen.«

»Hatte er Feinde?«

»Soweit ich weiß, war ich sein Feind. In seiner Vorstellung jedenfalls. Er haßte mich. Nur aus Haß hat er eine Situation ertragen, mit der sich ein anderer Mann niemals abgefunden hätte. Und wenn er es nur um seiner Tochter willen getan hat, hätte er wissen müssen...«

»Kommen wir zum Montag zurück. Wann sind Sie zu Bett gegangen, Roger Prou und Sie?«

»Warten Sie... Ich habe mich zuerst hingelegt.«

»Wie spät war es da?«

»Etwa zehn. Roger arbeitete im Büro, er stellte Rechnungen aus.«

»Kümmerte er sich um die Korrespondenz und die Buchhaltung?«

»Erstens hätte es niemand getan, wenn er sich nicht darum gekümmert hätte, denn mein Mann war nicht mehr dazu in der Lage. Und zweitens hat er eine Menge Geld in das Geschäft gesteckt.«

»Wollen Sie damit sagen, daß er Planchons Teilhaber war?«

»Praktisch ja. Es war nichts schriftlich festgelegt. Genauer gesagt, sie haben erst vor zwei Wochen einen Vertrag unterzeichnet.«

Sie unterbrach sich und ging in die Küche, wo etwas auf dem Herd kochte, kam aber fast sofort wieder zurück.

»Was wollen Sie sonst noch wissen? Ich muß meinen Haushalt besorgen, mein Essen kochen. Gleich wird meine Tochter aus der Schule kommen.«

»Es tut mir leid, daß ich Sie noch einen Moment aufhalten muß.«

»Sie haben mir immer noch nicht gesagt, was mein Mann getan hat.«

»Ich hoffe, daß Ihre Antworten mir dabei helfen werden, ihn zu finden. Wenn ich Sie richtig verstehe, hat Ihr Geliebter Geld in das Geschäft gesteckt?«

»Immer, wenn eine Rate fällig war und das Geld dafür fehlte.«

»Und vor vierzehn Tagen haben sie einen Vertrag unterzeichnet? Was für ein Vertrag war das?«

»Ein Vertrag, in dem festgelegt war, daß Prou für eine bestimmte Summe der Eigentümer des Geschäfts werden würde.«

»Wissen Sie, wie hoch diese Summe ist?«

»Ich habe den Vertrag getippt.«

»Schreiben Sie Schreibmaschine?«

»Ein bißchen. Schon seit Jahren steht eine alte Maschine im Büro. Planchon hat sie gekauft, als ich noch nicht schwanger war, wenige Monate nach unserer Hochzeit. Ich langweilte mich. Ich wollte mich beschäftigen. Ich habe angefangen, mit zwei Fingern die Rechnungen zu tippen, schließlich auch die Briefe an die Kunden und die Lieferanten.«

»Machen Sie das immer noch?«

»Wenn nötig.«

»Haben Sie diesen Vertrag hier?«

Sie sah ihn aufmerksamer an.

»Ich frage mich, ob Sie dazu berechtigt sind, mir all diese Fragen zu stellen. Ich frage mich sogar, ob ich sie wirklich beantworten muß.«

»Im Augenblick sind Sie nicht dazu verpflichtet.«

»Im Augenblick?«

»Mir bleibt immer noch die Möglichkeit, Sie als Zeugin in mein Büro zu laden.«

»Als Zeugin wofür?«

»Nehmen wir einmal an, für das Verschwinden Ihres Mannes.«

»Er ist nicht verschwunden.«

»Was dann?«

»Er ist weggegangen, das ist alles. Das hätte er schon lange machen sollen.«

Sie stand auf.

»Ich habe nichts zu verbergen. Wenn dieser Vertrag Sie interessiert, hole ich ihn.«

Sie ging ins Büro, wo man sie eine Schublade öffnen hörte. Kurz darauf kam sie mit einem Papier in der Hand zurück. Auf dem Kopf des Briefbogens stand *Léonard Planchon, Malermeister*. Der Text war mit einem violetten Band geschrieben, die Anschläge waren ungleichmäßig, mehrere Buchstaben waren übereinandergetippt, zwischen zwei oder drei Wörtern fehlte ein Abstand.

Ich, Unterzeichneter, Léonard Planchon, überlasse Roger Prou gegen eine Summe von dreißigtausend Neuen Francs meinen Anteil an dem Malergeschäft in der Rue Tholozé in Paris, das ich gemeinsam mit meiner Frau Renée, geb. Babaud, besitze.

Diese Abtretung schließt den Mietvertrag des Hauses, das Material und das Mobiliar mit Ausnahme meiner persönlichen Habe ein.

Das Dokument war auf den 28. Dezember datiert...

»Gewöhnlich«, wandte Maigret ein und sah auf, »werden solche Dokumente vor einem Notar unterzeichnet. Warum haben Sie das nicht gemacht?«

»Weil uns das unnötige Kosten erspart hat. Wenn man in gegenseitigem Einverständnis handelt.«

»Ihr Mann war also einverstanden?«

»Wir hatten jedenfalls den Eindruck.«

»Dieses Dokument ist vor fast drei Wochen unterzeichnet worden. Planchon hat also seitdem in dem Geschäft nichts mehr zu sagen. Ich frage mich, warum er weiter dafür gearbeitet hat.«

»Und warum hat er weiter hier gewohnt, obwohl er mir schon viel länger nichts mehr bedeutete?«

»Er war also mehr oder weniger als Arbeiter angestellt?«

»Wenn Sie so wollen.«

»Haben Sie ihm Lohn gezahlt?«

»Ich nehme an. Dafür ist Roger zuständig.«

»Sind die dreißigtausend Francs durch einen Scheck bezahlt worden?«

»In Banknoten.«

»Hier?«

»Natürlich nicht auf der Straße!«

»Vor Zeugen?«

»Wir waren alle drei dabei. Unsere persönlichen Angelegenheiten gehen niemand etwas an.«

»Und diese Abmachung war an keine Bedingung geknüpft?«

Diese Vorstellung schien sie zu erstaunen, einen Augenblick lang schwieg sie.

»An eine, aber er hat sie nicht eingehalten.«

»Welche war das?«

»Er sollte gehen und endlich in die Scheidung einwilligen.«

»Gegangen ist er ja.«

»Nach drei Wochen!«

»Zurück zum Montag.«

»Nochmal? Wie lange soll das denn noch gehen?«

»Ich hoffe, nicht mehr lange. Sie lagen also im Bett. Prou ist zu Ihnen gekommen. Sind Sie aufgewacht, als er kam?«

»Ja.«

»Haben Sie auf die Uhr gesehen?«

»Wenn Sie es unbedingt wissen wollen, wir hatten etwas Besseres zu tun.«

»Sie schliefen alle beide, als Ihr Mann nach Hause kam?«

»Nein.«

»Hat er mit seinem Schlüssel aufgeschlossen?«

»Bestimmt nicht mit einem Kugelschreiber.«

»Er hätte zu betrunken sein können, um die Tür selbst zu öffnen.«

»Er war betrunken, aber das Schlüsselloch hat er trotzdem gefunden.«

»Wo schlief er normalerweise?«

»Hier. Auf einer Liege.«

Sie stand noch einmal auf, öffnete einen Schrank und zeigte auf eine zusammengeklappte Liege.

»War sie schon auseinandergeklappt?«

»Ja. Ich habe sie hergerichtet, bevor ich zu Bett ging,

damit er nicht noch eine halbe Stunde lang Lärm machte.«

»Am Montag hat er sich nicht hingelegt?«

»Nein. Wir haben ihn nach oben gehen hören.«

»Um seiner Tochter Gute Nacht zu sagen?«

»Das tat er nie, wenn er in diesem Zustand war.«

»Was hat er gemacht?«

»Das fragten wir uns auch. Wir lauschten. Er öffnete den Schrank auf dem Treppenabsatz, in dem seine Sachen sind. Dann ging er in den kleinen Raum, der als Speicher dient, denn das Haus hat keinen Speicher. Schließlich hörten wir Lärm auf der Treppe, und ich mußte Roger zurückhalten, weil er nachsehen wollte, was los war.«

»Und was war?«

»Er trug seine Koffer herunter.«

»Wieviele Koffer?«

»Zwei. Wir hatten übrigens nur zwei im Haus, weil wir so gut wie nie verreisen.«

»Sie haben nicht mit ihm gesprochen? Sie haben ihn nicht weggehen sehen?«

»Doch. Als er wieder ins Eßzimmer herunterkam, stand ich auf und machte Roger ein Zeichen, zu bleiben, wo er war, denn ich wollte keine Szene.«

»Hatten Sie keine Angst? Sie haben mir doch gesagt, Ihr Mann sei gewalttätig geworden, wenn er getrunken hatte, und er habe Sie auch schon bedroht.«

»Roger war ja nicht weit.«

»Und wie verlief dieses letzte Gespräch?«

»Schon durch die Tür hatte ich gehört, daß er Selbstgespräche führte und daß er zu kichern schien.

Als ich ins Eßzimmer kam, musterte er mich von oben bis unten und begann zu lachen.«

»War er sehr betrunken?«

»Nicht so wie sonst. Er drohte nicht. Er machte keine Szene und er weinte auch nicht. Verstehen Sie, was ich sagen will? Er schien mit sich selbst zufrieden, und man hätte meinen können, er sei im Begriff, uns einen Streich zu spielen.«

»Hat er nichts gesagt?«

»Zuerst stieß er hervor:

›Jetzt ist es also soweit, meine Liebe!‹

Er zeigte mir stolz die beiden Koffer.«

Sie ließ Maigret nicht aus den Augen, aber auch er beobachtete jede Regung in ihrem Gesicht. Sie schien es zu bemerken, aber es schien ihr nichts auszumachen.

»War das alles?«

»Nein. Er sagte noch irgend etwas Großtuerisches, etwa:

›Du kannst sie durchsuchen, um dich zu vergewissern, daß ich nichts mitnehme, was dir gehört.‹

Er verschluckte einen Teil seiner Worte, sprach eigentlich mehr zu sich selbst.«

»Sie sagten, er habe zufrieden gewirkt?«

»Ja. Genau. Als ob er uns einen Streich spielte. Ich habe ihn gefragt:

›Wo gehst du hin?‹

Er machte eine so ausholende Bewegung, daß er fast das Gleichgewicht verlor.

›Hast du ein Taxi kommen lassen?‹

Er grinste mich wieder an und gab keine Antwort. Er

hatte seine Koffer schon in der Hand, als ich ihn an seinem Mantel zurückhielt.

›Das ist noch nicht alles, ich muß deine Adresse wissen, wegen der Scheidung.‹«

»Und was hat er darauf geantwortet?«

»Ich weiß es noch ganz genau, denn ich habe es wenig später für Roger wiederholt:

›Die wirst du bekommen, meine Liebe. Früher, als du denkst.‹«

»Von seiner Tochter hat er nicht gesprochen?«

»Sonst hat er nichts gesagt.«

»Hat er sich nicht von ihr verabschiedet?«

»Das hätten wir gehört, denn Isabelles Zimmer ist direkt über unserem, und die Fußbodenbretter knacken.«

»Er ging also mit seinen beiden Koffern zur Tür. Waren sie schwer?«

»Ich habe sie nicht angefaßt. Ziemlich schwer nehme ich an, aber nicht zu schwer, denn er hat nur seine Kleidung, seine Wäsche und seine Toilettengegenstände mitgenommen.«

»Sind Sie mit ihm bis zur Tür gegangen?«

»Nein.«

»Warum nicht?«

»Weil es ausgesehen hätte, als wolle ich ihn hinausbegleiten.«

»Haben Sie ihn nicht durch den Hof gehen sehen?«

»Die Läden waren geschlossen. Ich habe nur ein wenig später den Riegel an der Haustür vorgeschoben.«

»Haben Sie nicht befürchtet, daß er mit dem Lieferwagen wegfährt?«

»Ich hätte doch den Motor gehört.«

»Sie haben also keinerlei Motorengeräusch gehört? Vor dem Haus stand auch kein Taxi?«

»Ich habe keine Ahnung. Ich war überglücklich, daß er endlich aus dem Haus war. Ich lief ins Schlafzimmer, und wenn Sie es genau wissen wollen, ich warf mich in Rogers Arme, der aufgestanden war und alles durch die Tür gehört hatte.«

»Das war also am Montagabend, nicht wahr?«

»Am Montag, ja.«

Maigret hatte erst am Dienstag das Kommissariat des 18. Arrondissements gebeten, das Haus diskret überwachen zu lassen. Wenn man Renée Planchon glauben wollte, war das schon zu spät gewesen.

»Sie können sich überhaupt nicht vorstellen, wohin er gegangen sein könnte?«

Maigret meinte noch die letzten Worte Planchons zu hören, die er ihm am Telefon, am selben Montag, gegen sechs Uhr abends gesagt hatte, als er ihn von einem Bistro an der Place des Abbesses aus anrief.

»Ich danke Ihnen.«

In diesem Augenblick meinte er in der Stimme Planchons eine gewisse Bitterkeit oder auch eine gewisse Ironie zu hören. Das war so deutlich gewesen, daß er, hätte er gewußt, wo er ihn erreichen konnte, sofort zurückgerufen hätte.

»Ihr Mann hatte keine Angehörigen in Paris?«

»Nicht in Paris und nicht anderswo. Ich weiß es so genau, weil seine Mutter aus dem gleichen Dorf kam wie ich, Saint-Sauveur, in der Vendée.«

Sie wußte offenkundig nicht, daß Planchon mit

Maigret gesprochen und ihm all das erzählt hatte. Dennoch stimmte alles, was sie sagte, mit dem überein, was der Kommissar bereits wußte.

»Glauben Sie, daß er dahin zurückgekehrt ist?«

»Wozu? Er kennt den Ort kaum, er war nur zwei- oder dreimal als Kind mit seiner Mutter dort, und wenn er dort noch Verwandte hat, sind das entfernte Cousins, die sich nie um ihn gekümmert haben.«

»Kennen Sie keine Freunde von ihm?«

»Als er noch nicht trank, war er so schüchtern und verschlossen, daß ich mich heute noch frage, wie er es fertiggebracht hat, mich anzusprechen.«

Maigret wollte sie ein wenig auf die Probe stellen.

»Wo haben Sie ihn kennengelernt?«

»Ein Stück die Straße hinunter, im *Bal des Copains*. Ich war vorher noch nie da gewesen. Ich war ganz neu in Paris und arbeitete hier im Viertel. Ich hätte vorsichtiger sein sollen.«

»Weshalb?«

»Weil er eine Hasenscharte hatte.«

»Und was hat seine Hasenscharte mit seinem Charakter zu tun?«

»Ich weiß nicht. Ich bin mir eben sicher. Menschen wie er grübeln die ganze Zeit darüber nach, fühlen sich anders als die anderen. Sie bilden sich ein, jeder sehe sie an und mache sich über sie lustig. Sie sind empfindlicher als andere, eifersüchtig, verbittert.«

»War er schon verbittert, als Sie ihn heirateten?«

»Ich habe es nicht gleich bemerkt.«

»Und wann haben Sie es bemerkt?«

»Ich weiß nicht mehr. Er wollte niemand sehen. Wir

gingen kaum einmal aus. Wir lebten hier wie im Gefängnis. Ihm gefiel das. Er war glücklich dabei.«

Sie verstummte und sah ihn an, wie um ihm damit zu zeigen, daß es nun lange genug gedauert habe.

»Ist das alles?« fragte sie.

»Für den Augenblick ja. Ich möchte, daß Sie mich benachrichtigen, sobald Sie etwas von ihm hören. Ich lasse Ihnen meine Telefonnummer hier.«

Sie nahm die Karte, die er ihr reichte, und legte sie auf den Tisch.

»Meine Tochter kommt in ein paar Minuten nach Hause.«

»Hat sie sich nicht darüber gewundert, daß ihr Vater weggegangen ist?«

»Ich habe ihr gesagt, er sei verreist.«

Sie begleitete ihn bis zur Tür, und Maigret hatte den Eindruck, daß sie jetzt besorgt war, daß sie ihn jetzt am liebsten zurückgehalten hätte, um ihm Fragen zu stellen. Aber welche?

»Auf Wiedersehen, Herr Kommissar.«

Auch er war nicht recht zufrieden. Die Hände in den Taschen vergraben, den Mantelkragen hochgeschlagen, ging er die Rue Tholozé hinunter. Er begegnete einem kleinen Mädchen mit festen blonden Zöpfen, wandte sich um, um ihm hinterherzusehen, und sah es in den Hof gehen.

Er hätte auch Isabelle gern ein paar Fragen gestellt.

5

Planchons Frau hatte ihn nicht gebeten, seinen Mantel abzulegen, und Maigret war fast eine Stunde in dem überheizten Haus geblieben. Jetzt, in dem feinen, wie in unsichtbaren Eiskristallen herniederrieselnden Regen, fror er. Er hatte das Gefühl, sich am Sonntag bei ihrem Spaziergang hier im Viertel erkältet zu haben. Deshalb ging er nicht die Rue Lepic hinunter, um an der Place Blanche ein Taxi zu nehmen, sondern wandte sich nach links zur Place des Abbesses.

Von hier aus hatte ihn der Malermeister am Montagabend angerufen, und er hatte seitdem nichts mehr von ihm gehört.

Viel mehr als die Place du Tertre, die inzwischen zur Touristenfalle geworden war, verkörperte die Place des Abbesses mit ihrem Metroeingang, dem Théâtre de l'Atelier, das wie ein Spielzeug oder eine Kulisse wirkte, ihren Bistros, ihren Geschäften, für den Kommissar den eigentlichen, volkstümlichen Montmartre, und er erinnerte sich daran, wie er diesen Platz kurz nach seiner Ankunft in Paris an einem kühlen, aber sonnigen Frühlingsmorgen entdeckt und sich in ein Gemälde von Utrillo versetzt gefühlt hatte.

Hier wimmelte es von kleinen Leuten, von Leuten aus der Umgebung, deren geschäftiges Treiben an einen großen Marktflecken erinnerte, und man hatte fast den

Eindruck, man sei in einem Dorf, in einer großen Familie.

Er wußte, daß einige der Älteren so gut wie nie aus dem Arrondissement herausgekommen waren, und es gab noch Geschäfte, die seit mehreren Generationen vom Vater auf den Sohn übergingen.

Er sah durch die Scheiben mehrerer Bistros, bevor er auf einer Theke eine kleine Registrierkasse entdeckte, die neu aussah.

Er erinnerte sich an die Geräusche, die er während seines Gesprächs mit Planchon gehört hatte und ging hinein.

Eine wohlige Wärme umfing ihn, der vertraute Geruch von Wein und Essen. Auf den Tischen, höchstens sieben oder acht, lagen Papierdecken, und auf einer Schiefertafel stand das Tagesmenu, Bratwurst mit Kartoffelbrei.

Im rückwärtigen Teil des Raumes aßen schon zwei Maurer in Arbeitskleidung. Die schwarz gekleidete Chefin saß an der Kasse, hinter sich Zigaretten, Zigarren und die Lose der Nationallotterie.

Ein Kellner in einer blauen Schürze, mit bis zum Ellbogen aufgekrempelten Ärmeln, servierte an der Theke Wein und Aperitif.

Etwa zehn Gäste standen an der Theke, und alle drehten sich nach ihm um. Es dauerte recht lange, bis sie ihre Gespräche wieder aufnahmen.

»Einen Grog!«, bestellte er.

Hatte Madame Maigret nicht gesagt, seine Stimme klinge anders als sonst? Wahrscheinlich die ersten Anzeichen einer beginnenden Heiserkeit.

»Zitrone?«

»Ja, bitte.«

Ganz hinten links, wo es zur Küche ging, sah er eine Telefonzelle mit einer Glastür.

»Sagen Sie. Haben Sie einen Gast mit einer Hasenscharte?«

Er wußte, daß die Umstehenden ihm zuhörten, auch diejenigen, die ihm den Rücken zukehrten. Er war fast sicher, daß sie in ihm den Polizisten erkannt hatten.

»Mit einer Hasenscharte…«, wiederholte der Mann in Hemdsärmeln, der den Grog auf den Tresen gestellt hatte und der jetzt Wein von einer Flasche in eine andere umfüllte.

Aus einer Art Solidarität heraus zögerte er mit der Antwort.

»Ein kleiner. Blond, mit einem Stich ins Rötliche.«

»Was hat er angestellt?«

Einer der Gäste, der aussah wie ein Vertreter, schaltete sich ein:

»Ganz schön naiv, Léon! Wenn du glaubst, Kommissar Maigret würde dir das verraten.«

Schallendes Gelächter. Man hatte nicht nur gemerkt, daß er von der Polizei kam, sondern man hatte ihn auch noch erkannt.

»Er ist verschwunden«, murmelte Maigret.

»Popeye?«

Léon erklärte:

»Wir nennen ihn Popeye, weil wir nicht wissen, wie er heißt und weil er aussieht wie die Comicfigur.«

Er faßte sich an die Lippen, als wolle er sie in der Mitte trennen und fügte hinzu:

»Das Loch sieht aus, als sei es absichtlich für eine Pfeife gemacht.«

»Ist er hier Stammgast?«

»Nicht richtig, sonst wüßten wir ja, wer er ist, obwohl er sicher hier aus dem Viertel kommt. Aber er war oft da, fast jeden Abend.«

»Auch am Montag?«

»Warten Sie. Heute ist Donnerstag. Dienstag war ich bei der Beerdigung der alten Nana. Die Zeitungsverkäuferin an der Ecke... Montag... Ja, am Montag war er hier.«

»Er hat sogar eine Telefonmarke verlangt«, unterbrach sie die Chefin an der Kasse.

»Gegen sechs Uhr?«

»Kurz vor dem Essen.«

»Hat er mit niemand gesprochen?«

»Er sprach nie mit jemand. Er stand am Ende der Theke, da ungefähr, wo Sie jetzt stehen, und bestellte seinen ersten Cognac. Da stand er, in seine Gedanken versunken, die sicher nicht besonders lustig waren, denn er sah ziemlich trübsinnig aus.«

»Hatten Sie viele Gäste am Montagabend?«

»Weniger als jetzt. Abends gibt es bei uns kein Essen. An dem Tisch links spielten ein paar Gäste Karten.«

Er meinte den Tisch, an dem die beiden Maurer ihre Bratwurst aßen. Maigret bekam auch Appetit. Manche Gerichte erscheinen einem im Restaurant, vor allem in einem kleinen Bistro, immer verlockender als zu Hause.

»Wieviele Cognac hat er getrunken?«

»Drei oder vier, ich weiß nicht mehr. Weißt du es, Mathilde?«

»Vier.«

»Das war so sein Quantum. Er blieb mal kürzer, mal länger. Manchmal kam er um neun oder zehn wieder, dann bot er allerdings keinen angenehmen Anblick mehr. Ich nehme an, daß er dann in den Bistros die Runde gemacht hat.«

»Hat er sich nie an irgendwelchen Gesprächen beteiligt?«

»Nein, soweit ich weiß nicht. Hat von euch schon einmal einer mit ihm gesprochen?«

Wieder antwortete der Vertreter.

»Einmal habe ich versucht, ihn anzusprechen, aber er hat mich angesehen, als sei ich gar nicht da. Er war allerdings auch schon ganz schön voll.«

»Hat er nie Radau gemacht?«

»Dafür war er nicht der Typ. Je mehr er getrunken hatte, desto ruhiger wurde er. Ich könnte schwören, daß ich ihn habe weinen sehen, ganz allein am Ende der Theke.«

Maigret bestellte sich einen zweiten Grog.

»Wer ist der Mann?« fragte ihn der Kellner in der blauen Schürze.

»Ein kleiner Malermeister aus der Rue Tholozé.«

»Ich sagte Ihnen ja, er sei aus dem Viertel. Meinen Sie, er hat sich umgebracht?«

Maigret meinte überhaupt nichts, erst recht nicht nach seinem langen Gespräch mit Renée. Wie Janvier – oder war es Lapointe? – gesagt hatte, war sie eher ein Weibchen als eine Frau, der Typ, der sich an sein

Männchen klammert und es notfalls mit Zähnen und Klauen verteidigt.

Sie war nicht verlegen geworden. Sie hatte alle seine Fragen beantwortet, und wenn sie gelegentlich gezögert hatte, dann lag es vielleicht daran, daß sie nicht besonders intelligent war und erst überlegen mußte, was er gemeint hatte.

Je unbedarfter ein Mensch ist, desto mißtrauischer ist er, und sie hatte sich kaum weiterentwickelt, seit sie ihr Dorf in der Vendée verlassen hatte.

»Was bin ich schuldig?«

Als er hinausging, folgten ihm alle Blicke, und wahrscheinlich würde man über ihn sprechen, kaum daß er die Tür hinter sich geschlossen hatte. Daran war er gewöhnt. Er fand fast sofort ein Taxi und ließ sich nach Hause fahren.

Er aß seinen Kalbsbraten ohne großen Appetit, und seine Frau war erstaunt, als er plötzlich sagte:

»Morgen machst du uns Bratwurst.«

Um zwei Uhr war er am Quai des Orfèvres. Bevor er in sein Büro hinaufging, sah er bei der Fremdenpolizei vorbei.

»Ich suche einen gewissen Léonard Planchon, Malermeister, sechsunddreißig Jahre, wohnhaft in der Rue Tholozé. Möglicherweise ist er am Montagabend ziemlich spät mit zwei Koffern in ein Hotel gezogen, wahrscheinlich ein einfaches Hotel, und wahrscheinlich auf dem Montmartre. Er ist ziemlich klein, blond, mit einem Stich ins Rötliche, und er hat eine Hasenscharte.«

Man würde die Meldezettel durchsehen, sich in den Hotels erkundigen.

Wenig später saß er an seinem Schreibtisch, zögerte noch, welche Pfeife er nehmen sollte, und ließ Lucas kommen.

»Du gibst eine Meldung an alle Taxifahrer durch. Ich möchte wissen, ob einer von ihnen am Montagabend gegen Mitternacht in der Nähe der Rue Lepic oder der Place Blanche einen Fahrgast mit zwei Koffern aufgenommen hat...«

Er wiederholte die Personenbeschreibung und wies besonders auf die Hasenscharte hin.

»Wenn du schon dabei bist, verständige die Bahnhöfe, für alle Fälle.«

All dies war Routine, und Maigret schien nicht recht zu glauben, daß ihm das weiterhelfen würde.

»Ist Ihr Samstagsklient verschwunden?«

»Es sieht ganz so aus...«

Eine gute Stunde lang dachte er nicht mehr an ihn, weil er mit anderen Dingen beschäftigt war. Dann stand er auf, um das Licht einzuschalten, denn es wurde immer dunkler.

Plötzlich beschloß er, den Chef aufzusuchen.

»Ich muß etwas mit Ihnen besprechen, das mir keine Ruhe läßt.«

Er kam sich ein wenig lächerlich vor, weil er der Geschichte eine solche Bedeutung beimaß. Und während er berichtete, während er von dem Gespräch erzählte, das am Samstag bei ihm zu Hause stattgefunden hatte, wurde ihm klar, daß das alles nicht sehr überzeugend klang.

»Glauben Sie nicht, daß wir es mit einem Verrückten oder Halbverrückten zu tun haben?«

Auch sein Chef hatte schon mit absonderlichen Menschen zu tun gehabt, die beharrlich oder listig genug gewesen waren, um bis zu ihm vorzudringen. Manchmal merkte man erst am Ende ihres Monologs, daß irgend etwas nicht stimmte.

»Ich weiß nicht. Ich war bei seiner Frau.«

Er gab eine knappe Zusammenfassung des Gesprächs, das er am Morgen mit Renée geführt hatte.

Maigret hatte schon damit gerechnet, daß der Leiter der Kriminalpolizei die Dinge anders sehen und daß ihn seine Besorgnis überraschen würde.

»Sie befürchten, daß er sich umgebracht hat?«

»Das ist eine Möglichkeit.«

»Sie haben mir gerade gesagt, daß er davon sprach, ein Ende zu machen. Was ich nicht verstehe, ist, daß er seine Sachen geholt und sich mit zwei Koffern abgeschleppt hat.«

Maigret zog an seiner Pfeife und schwieg.

»Vielleicht wollte er gern weg aus Paris. Vielleicht hat er sich auch im ersten besten Hotel eingemietet«, fuhr der Leiter der Kriminalpolizei fort.

Maigret schüttelte den Kopf.

»Ich würde gern mehr darüber wissen«, seufzte er. »Ich wollte Sie um die Genehmigung bitten, den Liebhaber in mein Büro vorladen zu lassen.«

»Was für ein Mann ist das?«

»Ich habe ihn noch nicht gesehen, aber soweit ich weiß, ist er nicht ganz einfach. Außerdem sind da noch die Arbeiter, denen ich gern ein paar Fragen stellen würde.«

»In Anbetracht unserer derzeitigen Beziehungen zur

Staatsanwaltschaft sollten Sie die besser vorher informieren.«

Immer wieder die gleichen mehr oder weniger unterschwelligen und verdeckten Spannungen zwischen der Kriminalpolizei und den Herren im Justizpalast. Maigret konnte sich an eine Zeit erinnern, in der er eine Untersuchung bis zu Ende führen konnte, ohne sich von wem auch immer Rückendeckung holen zu müssen, und in der er erst dann Kontakt zum Untersuchungsrichter aufnahm, wenn er einen Fall abgeschlossen hatte.

Inzwischen gab es neue Gesetze, eine Unzahl neuer Erlasse, und er mußte sich, wenn er im Rahmen der Legalität bleiben wollte, immer wieder absichern. Selbst sein morgendlicher Besuch bei Renée Planchon könnte ihm, falls sie sich beschwerte, einen strengen Verweis einbringen.

»Sie wollen das Ergebnis der Ermittlungen nicht abwarten?«

»Ich habe das Gefühl, daß sie zu nichts führen.«

»Na gut, wenn Sie meinen. Viel Glück dann.«

Und so ging Maigret gegen fünf Uhr nachmittags durch die kleine Tür, die die Kriminalpolizei von der ganz anderen Welt trennt, die ebenfalls im Justizpalast untergebracht ist.

Auf der anderen Seite waren die Staatsanwälte, die Richter, die Verhandlungsräume, die weiten Flure, durch die die Anwälte in ihren schwarzen Roben wie große flatternde Vögel eilten.

Die Büros der Staatsanwaltschaft waren feierlich und vornehm im Vergleich zu denen der Kriminalpolizei.

Man hielt dort auf Etikette und sprach mit gedämpfter Stimme.

»Ich werde Sie dem stellvertretenden Staatsanwalt Méchin melden. Er ist der einzige, der im Augenblick frei ist.«

Er wartete lange, so wie andere im Glaskasten der Kriminalpolizei auf ihn warteten. Dann öffnete sich die Tür zu einem im Empirestil eingerichteten Büro, und seine Füße versanken in einem rotgrundigen Teppich.

Der stellvertretende Staatsanwalt war groß und blond, und sein dunkler Anzug war hervorragend geschnitten.

»Bitte nehmen Sie Platz. Worum handelt es sich?«

Er sah auf die Platinuhr an seinem Handgelenk, ganz der Mann, dessen Zeit kostbar ist, und man konnte sich vorstellen, daß er in irgendeinem Salon des Adels zum Tee verabredet war.

An diesem Ort erschien es vulgär, fast geschmacklos, von dem bescheidenen Malermeister aus der Rue Tholozé zu sprechen, von seinem langen Bericht, den er zwei- oder dreimal unterbrochen hatte, um ein Glas Schlehenwasser hinunterzukippen, von seinen Tränen, seinen leidenschaftlichen Ausbrüchen.

»Ich weiß noch nicht, ob es sich um ein einfaches Verschwinden handelt oder um einen Selbstmord oder ein Verbrechen.«

Er faßte die Situation mehr schlecht als recht zusammen. Während der Stellvertreter des Staatsanwalts ihm zuhörte, betrachtete er seine manikürten Fingernägel. Er hatte wunderschöne Hände, mit langen und schlanken Fingern.

»Was schlagen Sie also vor?«

»Ich möchte gern den Liebhaber, einen gewissen Roger Prou, vernehmen. Vielleicht auch die drei oder vier Arbeiter, die in der Rue Tholozé angestellt sind.«

»Ist er ein Mann, der Beschwerde einlegen und uns Schwierigkeiten machen könnte?«

»Ich befürchte es.«

»Meinen Sie, es ist wirklich notwendig, ihn zu vernehmen?«

Der Fall bekam hier, mehr noch als im Büro des Chefs, ein ganz anderes Aussehen, und Maigret war versucht, die Sache fallenzulassen, den kleinen Mann mit der Hasenscharte, der auf so ungewöhnliche Art in sein Leben am Boulevard Richard-Lenoir eingedrungen war, aus seinem Gedächtnis zu streichen.

»Haben Sie einen bestimmten Verdacht?«

»Eigentlich nicht. Es ist alles möglich. Eben deshalb muß ich diesen Prou vernehmen.«

Er hatte die Hoffnung auf eine Zustimmung schon aufgegeben, als sich der Stellvertreter des Staatsanwalts nach einem weiteren Blick auf seine Uhr erhob.

»Schicken Sie ihm eine Vorladung. Aber seien Sie vorsichtig. Und wenn Sie die Arbeiter wirklich auch vernehmen wollen...«

Eine Viertelstunde später füllte Maigret in seinem Büro ein Formular aus. Dann rief er Lucas zu sich.

»Ich möchte Namen und Adressen der Arbeiter des Malergeschäfts Planchon in der Rue Tholozé. Du kannst sie bei der Sozialversicherung erfragen. Sie müssen sie in ihrer Kartei haben.«

Eine Stunde später füllte er drei weitere Formulare

aus, denn außer Roger Prou waren nur noch drei Arbeiter versichert, darunter ein junger Italiener namens Angelo Massoletti.

Bis neun Uhr abends vernahm er dann Zeugen zu den Schmuckdiebstählen, vor allem das Personal der Hotels, in denen die Diebstähle begangen worden waren. Er aß belegte Brötchen, ging nach Hause und trank noch einen Grog, dann nahm er zwei Aspirin und ging zu Bett.

Um neun Uhr morgens wartete schon ein breitschultriger Mann mit weißem Haar und einem rosigen Gesicht im Vorzimmer. Wenige Minuten später wurde er in Maigrets Büro geführt.

»Sie heißen Jules Lavisse?«

»Genannt Pépère. Einige nennen mich auch den Heiligen Petrus, wahrscheinlich, weil meine Haare aussehen wie ein Heiligenschein.«

»Nehmen Sie Platz.«

»Danke. Ich bin häufiger auf der Leiter als auf einem Stuhl.«

»Arbeiten Sie schon lange für Léonard Planchon?«

»Ich habe schon mit ihm gearbeitet, als er noch blutjung war und der Chef noch Lempereur hieß.«

»Sie wissen also Bescheid über das, was in dem Haus in der Rue Tholozé vor sich geht?«

»Das kommt drauf an.«

»Worauf?«

»Was Sie mit meiner Aussage anfangen wollen.«

»Ich verstehe nicht.«

»Ob Sie anschließend mit der Chefin oder mit Monsieur Roger darüber sprechen wollen. Ich bin nur ein einfacher Arbeiter und weiß von nichts. Vor allem, wenn ich meine Aussage vor Gericht wiederholen muß.«

»Warum vor Gericht?«

»Wenn man hier vorgeladen wird, dann stimmt doch etwas nicht, oder?«

»Haben Sie den Eindruck, daß in der Rue Tholozé etwas nicht stimmt?«

»Sie haben mir noch keine Antwort gegeben.«

»Dieses Gespräch wird höchstwahrscheinlich unter uns bleiben.«

»Was wollen Sie wissen?«

»Wie war das Verhältnis zwischen Ihrem Chef und seiner Frau?«

»Hat sie es Ihnen nicht gesagt? Ich habe gestern gesehen, wie Sie den Hof überquerten, und Sie sind fast eine Stunde bei ihr geblieben.«

»Ist Prou schon lange ihr Liebhaber?«

»Von einem Liebhaber weiß ich nichts. Aber er schläft schon gut zwei Jahre lang im Haus.«

»Und wie hat sich Planchon seitdem verhalten?«

Der alte Maler lächelte spöttisch.

»Wie sich ein betrogener Ehemann eben verhält!«

»Meinen Sie, er war bereit, sich mit der Situation abzufinden?«

»Bereit oder nicht bereit, er hatte gar keine Wahl.«

»Immerhin war es sein Haus.«

»Vielleicht machte er sich das vor, in Wirklichkeit war es aber vor allem ihres.«

»Als er sie heiratete, besaß sie nichts.«

»Ja, ich weiß. Aber als ich sie das erste Mal sah, wußte ich gleich, daß sie die Hosen anhaben würde.«

»Halten Sie Planchon für einen Schwächling?«

»Vielleicht. Ich würde eher sagen, er ist ein braver Mann und ein Pechvogel. Mit jeder anderen Frau hätte er glücklich sein können. Aber ausgerechnet dieser mußte er begegnen.«

»Einige Jahre lang waren sie doch glücklich.«

Der Alte schüttelte skeptisch den Kopf.

»Wenn Sie es so nennen wollen...«

»Sind Sie nicht der Ansicht?«

»Vielleicht war er glücklich. Sie vielleicht auch. Aber zusammen waren sie es jedenfalls nicht.«

»Betrog sie ihn?«

»Ich bin sicher, daß sie ihn schon betrogen hat, bevor sie in der Rue Tholozé einzog. Obwohl ich sie vorher nie gesehen habe. Aber sobald sie Madame Planchon war.«

»Mit wem?«

»Mit jedem x-beliebigen. Fast mit allen Arbeitern, die jemals im Geschäft gearbeitet haben. Wenn ich nicht zu alt gewesen wäre...«

»Planchon schöpfte keinen Verdacht?«

»Tun Ehemänner das jemals?«

»Und bei Prou?«

»Da ist sie auf einen besonders Entschlossenen gestoßen, einen, der genau wußte, was er wollte. Er hat sich nicht wie die anderen mit einem Vergnügen zwischen Tür und Angel begnügt.«

»Meinen Sie, er hatte von Anfang an die Absicht, den Chef zu verdrängen?«

»Zuerst im Bett. Und dann im Geschäft. Aber wenn er erfährt, was ich Ihnen gesagt habe, kann ich mir gleich eine neue Stelle suchen. Ganz zu schweigen davon, daß er mir eines Tages an einer Straßenecke auflauern könnte.«

»Ist er gewalttätig?«

»Ich habe noch nie gesehen, daß er jemand schlägt, aber ich möchte ihn nicht zum Feind haben.«

»Wann haben Sie Planchon zum letzten Mal gesehen?«

»Na endlich. Sie haben ganz schön lange gebraucht. Meine Antwort war schon fertig, als ich hier ankam, ich dachte nämlich, Sie würden mir diese Frage als erste stellen. Montag, um halb sechs abends.«

»Wo?«

»In der Rue Tholozé. Ich arbeitete nicht auf der gleichen Baustelle wie er. Ich sollte bei einer alten Frau in der Rue Caulaincourt die Küche neu streichen. Der Chef und die anderen arbeiteten in einem Neubau in der Avenue Junot. Ein großer Auftrag. Mindestens drei Wochen Arbeit. Gegen halb sechs ging ich, wie ich Ihnen schon gesagt habe, in die Rue Tholozé, und ich war gerade im Schuppen, als der Lieferwagen in den Hof einbog. Am Steuer saß der Chef, neben ihm Prou, hinten Angelo und der große Jef.«

»Ist Ihnen nichts Besonderes aufgefallen?«

»Nein. Sie haben Material abgeladen, und der Chef ist wie gewöhnlich ins Haus gegangen, um sich umzuziehen. Nach der Arbeit hat er sich immer umgezogen...«

»Wissen Sie, wie er seine Abende verbrachte?«

»Ich habe ihn hin und wieder gesehen.«

»Wo?«

»In irgendeinem Bistro. Seitdem Prou in sein Haus gezogen ist, hat er ziemlich viel getrunken, vor allem abends.«

»Sie hatten nie das Gefühl, er könnte sich umbringen?«

»Ich habe nie daran gedacht.«

»Warum nicht?«

»Wenn man eine solche Situation zwei Jahre lang aushält, gibt es keinen Grund dafür, sie nicht auch sein Leben lang hinzunehmen.«

»Hat nie jemand gesagt, er sei nicht mehr der Chef?«

»Er war es schon lange nicht mehr. Man hat es ihn zwar noch glauben lassen, aber in Wirklichkeit...«

»Hat Ihnen niemand gesagt, daß Prou das Geschäft aufgekauft hat?«

Pépère sah ihn scharf an und schüttelte den Kopf.

»Haben sie ihn also dazu gebracht, etwas zu unterschreiben?«

Und als spreche er nur zu sich selbst:

»Die sind ja noch gerissener als ich dachte.«

»Prou hat nichts davon gesagt?«

»Es ist mir völlig neu. Aber das wundert mich nicht... Ist er deshalb weggegangen? Haben sie ihn endlich vor die Tür gesetzt?«

Er schien sich dennoch darüber zu wundern.

»Ich begreife nur nicht, warum er seine Tochter nicht mitgenommen hat. Ich war fest davon überzeugt, daß er ihretwegen alles ertragen hat.«

»Hat man Ihnen am Dienstag nichts gesagt?«

»Prou sagte uns, daß Planchon gegangen sei.«

»Er hat Ihnen nicht gesagt, unter welchen Umständen?«

»Nur, daß er sturzbetrunken gewesen ist, als er seine Sachen geholt hat.«

»Haben Sie ihm geglaubt?«

»Warum nicht? War es denn nicht so?«

Sein Blick wurde neugierig.

»Sie haben einen bestimmten Verdacht, nicht wahr?«

»Und Sie?«

»Ach, wissen Sie.«

»Waren Sie nicht überrascht?«

»Als ich abends nach Hause kam, habe ich zu meiner Frau gesagt, Planchon wird es wohl nicht mehr lange machen. Wenn jemand seine Frau geliebt hat, dann er. Bis zum Wahnsinn. Und seine Tochter war für ihn das Allerheiligste.«

»Sie sind am Dienstagmorgen mit dem Lieferwagen gefahren?«

»Ja, alle. Prou saß am Steuer. In der Rue Caulaincourt, gegenüber vom Haus der alten Dame, hat er mich abgesetzt.«

»Ist Ihnen nichts Ungewöhnliches aufgefallen?«

»Wir hatten wie immer Farbeimer dabei, Tapetenrollen, Bürsten, Schwämme und solche Sachen.«

»Ich danke Ihnen, Monsieur Lavisse.«

»Ist das alles?«

Der alte Mann schien enttäuscht.

»Soll ich Ihnen noch mehr Fragen stellen?«

»Nein. Ich dachte nur, es würde länger dauern. Ich bin zum ersten Mal hier.«

»Wenn Ihnen noch etwas einfällt, kommen Sie gleich zu mir, oder rufen Sie mich an.«

»Prou wird mich fragen, worüber wir gesprochen haben.«

»Sagen Sie ihm, ich hätte mich nach Planchon erkundigt, seinem Verhalten, der Möglichkeit, daß er Selbstmord begangen hat.«

»Halten Sie das für wahrscheinlich?«

»Ich weiß auch nicht mehr als Sie.«

Er ging, und kurz darauf setzte sich der junge Italiener mit dem Vornamen Angelo auf den noch warmen Stuhl. Er war erst sechs Monate in Frankreich, und Maigret mußte jede Frage zwei oder drei Mal wiederholen.

Eine davon schien ihn zu überraschen.

»Hat Ihnen Ihre Chefin nie Avancen gemacht?«

Er war nämlich ein hübscher junger Mann mit sanften Augen.

»Avancen?«

»Hat sie nie versucht, Sie ins Haus zu holen?«

Darüber mußte er lachen.

»Und Monsieur Roger?« protestierte er.

»Ist er eifersüchtig?«

»Ich glaube schon.«

Er tat so, als würde er sich einen Dolch in die Brust stoßen. »Sie haben Monsieur Planchon seit Montag nicht mehr gesehen?«

Mehr wollte er ihn nicht fragen, und der dritte Arbeiter, der für elf Uhr vorgeladen worden war und den seine Kollegen den großen Jef nannten, antwortete auf die meisten Fragen nur: »Ich weiß nicht.«

Er mochte sich nicht in anderer Leute Angelegenheiten einmischen und schien die Polizei auch nicht besonders zu mögen. Maigret stellte später fest, daß er zwei oder drei Mal wegen öffentlicher Ruhestörung und einmal wegen Körperverletzung festgenommen worden war, nachdem er seinem Nachbarn in einer Bar eine Flasche auf dem Kopf zerschlagen hatte.

Maigret aß mit Lucas in der Brasserie Dauphine, doch der hatte ihm nichts Neues mitzuteilen. Die Anfrage bei den Taxifahrern hatte noch nichts ergeben. Das hatte allerdings nichts zu bedeuten, denn einige von ihnen vermieden möglichst jeden Kontakt mit der Polizei. Sie wußten, daß es sie nur Zeit kosten würde, daß sie mit einem Verhör am Quai des Orfèvres und vor dem Untersuchungsrichter rechnen mußten und vielleicht sogar mit zwei- oder dreitägigem Warten im Zeugenraum des Gerichts.

Auch die Fremdenpolizei, die immer sehr rasch und gründlich arbeitete, hatte keine Spur von Planchon entdeckt, obwohl er, soweit man es beurteilen konnte, nicht der Mann war, der sich einen falschen Ausweis beschaffen würde. Wenn er in einem Hotel oder einer Pension abgestiegen war, dann unter seinem eigenen Namen.

Zuletzt hatte man ihn gegen Mitternacht gesehen, einen schmächtigen Mann, der mit zwei Koffern bepackt die Rue Tholozé hinuntergegangen war. Er konnte natürlich auch in einen Bus gestiegen sein, um zu einem Bahnhof zu fahren, wo er nicht unbedingt aufgefallen wäre.

»Was meinen Sie, Chef?«

»Er hat mir versprochen, mich jeden Tag anzurufen. Am Sonntag hat er es nicht getan, aber am Montag.«

Renée und ihren Geliebten hatte er nicht getötet. Hatte er sich plötzlich entschlossen fortzugehen? Gegen acht Uhr hatte er das Bistro an der Place des Abbesses verlassen, und zu diesem Zeitpunkt hatte er schon mehrere Gläser Cognac getrunken. Höchstwahrscheinlich hatte er anschließend noch andere Kneipen aufgesucht. Wenn man in der Umgebung näher nachforschte, würde man seine Spur sicher wiederfinden.

Was war ihm wohl durch den Kopf gegangen, als er schließlich betrunken war?

»Wenn er sich in die Seine gestürzt hat, kann es Wochen dauern, bis man ihn herausfischt«, murmelte Lucas.

Es war einfach grotesk, sich vorzustellen, wie der Mann mit der Hasenscharte seine ganze Habe in seine Koffer packte und sie durch die Straßen schleppte, um sich anschließend in die Seine zu stürzen.

Maigret, der immer noch leicht verschnupft war, ohne richtig erkältet zu sein, trank einen Weinbrand zu seinem Kaffee und war um zwei Uhr wieder im Büro.

Roger Prou ließ ihn gut zehn Minuten warten, und wie um sich zu rächen, ließ ihn der Kommissar bis Viertel vor drei im Warteraum schmoren. Lucas beobachtete ihn zwei oder drei Mal durch die Glaswand.

»Wie wirkt er?«

»Nicht gerade freundlich.«

»Was macht er?«

»Er liest Zeitung, aber er sieht immer wieder zur Tür.«

Joseph führte ihn schließlich herein. Maigret blieb sitzen, die Pfeife im Mund, über Papiere gebeugt, die seine ganze Aufmerksamkeit zu verlangen schienen.

»Setzen Sie sich,« murmelte er und zeigte auf einen der Stühle.

»Ich kann nicht den ganzen Nachmittag vergeuden.«

»Ich stehe Ihnen gleich zur Verfügung.«

Dennoch las er weiter und unterstrich einige Sätze mit seinem Rotstift. Erst nach gut zehn Minuten stand Maigret auf, er öffnete die Tür zum Büro der Inspektoren, dort blieb er eine Weile und gab ihnen mit leiser Stimme seine Instruktionen.

Erst dann sah er dem Mann auf einem der gepolsterten Stühle ins Gesicht. Er setzte sich wieder an seinen Schreibtisch und fragte überaus sachlich:

»Sie heißen Roger Prou?«

6

Roger Etienne Ferdinand Prou«, antwortete sein Gegenüber, jede Silbe betonend. »Geboren in Paris, Rue de la Roquette.«

Er erhob sich leicht von seinem Stuhl, zog eine Brieftasche aus seiner Gesäßtasche, entnahm ihr einen Ausweis und legte ihn mit der Bemerkung auf den Tisch:

»Ich nehme an, Sie wollen es schwarz auf weiß.«

Er war frisch rasiert und trug einen blauen Anzug, der wohl sein Sonntagsanzug war. Maigret hatte sich nicht getäuscht, als er sich ihn mit dichtem dunkelbraunem Haar, einem niedrigen Haaransatz und mit dichten Augenbrauen vorgestellt hatte.

Ein schönes Männchen, wie Renée ein schönes Weibchen war, und beide erinnerten in ihrer aggressiven Ruhe an wilde Tiere. Prou hatte nur der Form halber darüber gemeckert, daß man ihn und seine Angestellten ihre Zeit vergeuden ließ, und er ließ sich durch Maigrets klassisches Spielchen nicht aus der Ruhe bringen. In seinem Blick lag vielmehr Ironie.

Auf dem Land wäre er der Hahn des Dorfes gewesen, er hätte am Sonntag seine Kameraden dazu angestiftet, die jungen Männer aus dem Nachbardorf zu provozieren, und er hätte rücksichtslos die Mädchen geschwängert.

In der Fabrik wäre er der starke Mann gewesen, der sich den Vorarbeitern entgegengestellt und so manchen Streit vom Zaun gebrochen hätte, um sich vor seinen Kollegen zu brüsten.

So, wie er gebaut war, und mit dem Charakter, den Maigret in ihm zu entdecken glaubte, hätte er auch Zuhälter sein können, nicht an der Place de l'Étoile, aber an der Porte Saint-Denis oder der Bastille, und man konnte sich gut vorstellen, wie er den ganzen Tag lang in den Bistros Karten spielte und ein wachsames Auge auf das Trottoir hatte.

Schließlich hätte er auch der Kopf einer Verbrecherbande sein können, kein kleiner Ganove, sondern eher einer, der nächtliche Einbrüche in den Lagerhäusern bei der Gare du Nord oder in den nahen Vororten organisiert.

Maigret schob ihm seinen Ausweis wieder hin, er war in Ordnung.

»Haben Sie das Papier mitgebracht, um das ich Sie gebeten hatte?«

Prou hatte seine Brieftasche in der Hand behalten. Immer noch ruhig, nahm er mit seinen starken Fingern, die nicht zitterten, den Vertrag heraus, der von Léonard Planchon unterzeichnet war und der Prou, zusammen mit seiner Geliebten, die Malerfirma überschrieb.

Er reichte ihn dem Kommissar, höhnisch und nicht aus der Fassung zu bringen.

Maigret stand auf und ging noch einmal zum Büro der Inspektoren, zwischen den beiden Räumen blieb er stehen, um seinen Besucher nicht aus den Augen zu verlieren.

»Lapointe!«

Und dann mit leiser Stimme:

»Zeig das hier Monsieur Pirouet. Er weiß Bescheid.«

Pirouet war oben im Dachgeschoß des Justizpalastes im Labor. Er war sozusagen eine Neuerwerbung der Kriminalpolizei, ein seltsamer Mann, dick und jovial, den man ein wenig mißtrauisch aufgenommen hatte, als er als Chemieassistent angefangen hatte, denn er wirkte eigentlich eher wie ein Vertreter. Man hatte sich schließlich angewöhnt, ihn ironisch Monsieur Pirouet zu nennen, wobei man das »Monsieur« besonders betonte.

Es zeigte sich jedoch bald, daß er ein erstklassiger Mitarbeiter war, ein phantasievoller Tüftler, der eigenhändig verschiedene Geräte konstruiert hatte, und der zudem ein äußerst begabter Graphologe war.

Schon vor Prous Erscheinen hatte Maigret einen Inspektor zur Sozialversicherung geschickt, um von dort Belege mit Planchons Unterschrift zu holen.

Der Himmel war grau. Der Nebel legte sich langsam über die Straßen, wie am Samstag zuvor.

Der Kommissar setzte sich bedächtig, wie in Zeitlupe, und es war Prou, der trotz seiner Kaltblütigkeit als erster das Wort ergriff:

»Ich nehme an, Sie haben mich vorladen lassen, um mir einige Fragen zu stellen?«

Maigret sah ihn an, freundlich, aber eine Spur ironisch.

»Natürlich« antwortete er leise. »Ich habe immer Fragen zu stellen, nur weiß ich nicht so genau, welche.«

»Wenn Sie sich über mich lustig machen wollen...«

»Ich will mich keineswegs über Sie lustig machen. Ihr ehemaliger Chef, Planchon, ist verschwunden, und ich möchte wissen, was aus ihm geworden ist.«

»Renée hat es Ihnen schon gesagt.«

»Sie hat mir gesagt, er sei am Montagabend mit zwei Koffern weggegangen. Sie haben ihn doch auch gehen sehen, oder nicht?«

»Moment mal! Unterstellen Sie mir nicht etwas, was ich nicht gesagt habe. Ich habe ihn *gehört*. Ich war hinter der Tür.«

»Sie haben ihn also nicht weggehen sehen?«

»Nicht direkt. Ich habe ihr Gespräch mitangehört. Und ich habe gehört, wie er in den ersten Stock hinaufging, um seine Sachen zu holen. Dann seine Schritte im Gang, die Eingangstür, die zufiel, und dann wieder seine Schritte im Hof.«

»Seitdem ist er verschwunden.«

»Wie wollen Sie das wissen? Wenn ein Mann von zu Hause weggeht, muß er noch lange nicht verschwunden sein.«

»Zufällig sollte Planchon mich am Dienstag anrufen.«

Maigret hatte sein Verhör nicht vorbereitet, und dieser kurze, scheinbar belanglose Satz war ihm spontan eingefallen. Natürlich ließ er sein Gegenüber nicht aus den Augen. War er von Prous Reaktion enttäuscht? Er schien tatsächlich ein wenig überrascht zu sein. Mit dieser Enthüllung hatte er offensichtlich nicht gerechnet. Er runzelte seine dichten Brauen. Innerhalb von wenigen Sekunden schien er die Lage abzuklären, zu überlegen, was diese Worte bedeuten könnten.

»Woher wissen Sie, daß er anrufen wollte?«

»Weil er es mir versprochen hatte.«

»Haben Sie ihn gekannt?«

Maigret gab keine Antwort. Er stopfte seine Pfeife so bedächtig, daß jeder andere aus der Haut gefahren wäre. Doch Roger Prou zeigte immer noch keine Anzeichen von Nervosität.

»Sprechen wir lieber von Ihnen. Sie sind achtundzwanzig?«

»Neunundzwanzig.«

»Sie sind in der Rue de la Roquette geboren. Was war Ihr Vater?«

»Tischler. Er hatte und hat dort seine Werkstatt am Ende einer Sackgasse. Und wenn Sie schon alles wissen wollen, er hat sich darauf spezialisiert, antike Möbel zu restaurieren.«

»Haben Sie Brüder und Schwestern?«

»Schwestern.«

»Sie waren also der einzige Sohn der Familie? Wollte Ihr Vater nicht, daß Sie seinen Beruf erlernen? Soweit ich weiß, gibt es immer weniger Tischler, und man kann in diesem Beruf recht gut verdienen.«

»Ich habe bei ihm gearbeitet, bis ich sechzehn war.«

Er leierte seine Antworten absichtlich so herunter, als müsse er in der Schule etwas aufsagen.

»Und dann?«

»Dann hatte ich die Nase voll davon.«

»Sie wollten lieber Maler werden?«

»Nicht gleich... Ich wollte Radrennfahrer werden... Keine Straßenrennen... Nicht die Tour de France... Auf der Bahn!... Zwei Jahre lang bin ich als Juniorfahrer im Vel' d'Hiv gefahren...«

»Konnten Sie davon leben?«

»Eben nicht. Und weil ich begriffen hatte, daß ich zu schwer bin und daß ich nie zur Spitze gehören würde, habe ich damit aufgehört... Wollen Sie die Fortsetzung hören?«

Maigret nickte und zog langsam an seiner Pfeife, während seine Hand mit einem Bleistift spielte.

»Ich bin vorzeitig zum Militär gegangen, um es hinter mich zu bringen...«

»Wußten Sie schon, was Sie später machen wollten?«

»Oh ja... Und es gibt keinen Grund, es Ihnen nicht zu sagen... Ich wollte so viel Geld verdienen, daß ich unabhängig sein würde...«

»Was haben Sie nach Ihrer Rückkehr nach Paris gemacht?«

»Zuerst habe ich in einer Autowerkstatt gearbeitet, aber für meinen Geschmack war es dort viel zu langweilig... Außerdem hatte ich immer den Chef im Nacken, und wir haben meistens zehn oder zwölf Stunden statt acht gearbeitet... Ein paar Monate lang war ich Schlosserlehrling... Dann hat mich ein Bekannter in einer Malerfirma untergebracht...«

»Bei Planchon?«

»Nein, noch nicht... Bei Desjardins und Brosse, am Boulevard Rochechouard...«

Man näherte sich immer mehr dem Montmartre und der Rue Tholozé.

»Haben Sie Geld beiseitegelegt?«

Prou roch den Braten.

»Natürlich...«

»Viel?«

»Soviel ich konnte.«

»Wann haben Sie bei Planchon angefangen?«

»Vor etwas mehr als zwei Jahren. Ich hatte Streit mit einem der Chefs. Außerdem war mir die Firma zu groß. Ich wollte lieber in einer kleinen arbeiten...«

»Sie wohnten immer noch bei Ihren Eltern?«

»Nein, ich war schon lange in einer Pension.«

»Wo?«

»Unten an der Rue Lepic. Im Beauséjour.«

»Ich nehme an, Sie haben Planchon in einem Café kennengelernt, und er hat Ihnen gesagt, daß er einen guten Arbeiter sucht?«

Prou runzelte wieder die Brauen, als er Maigret ansah, und der Kommissar war nicht allzu sehr überrascht darüber, daß er fast genauso reagierte wie Renée.

»Was wollen Sie von mir hören?«

»Nichts. Ich frage nur... Planchon war häufig in den Kneipen dieses Viertels. Da ist es doch ganz natürlich...«

»Sie denken völlig falsch.«

»Vielleicht haben Sie auch Madame Planchon kennengelernt, beim Einkaufen oder...«

»Halten Sie mich von der Arbeit ab, um mir diesen Quatsch zu erzählen?«

Es sah aus, als wollte er aufstehen und zur Tür gehen.

»Erstens habe ich Renée nicht gekannt, bevor ich in der Rue Tholozé gearbeitet habe! Und zweitens hat nicht sie ihren Mann dazu gebracht, mich einzustellen! Kapiert?«

Maigret unterdrückte ein eigentümliches Lächeln:

»Kapiert! Haben Sie sich auf eine Annonce beworben? Oder haben Sie am Hoftor einen Anschlag gesehen, auf dem ein Arbeiter gesucht wurde?«

»Nein, da war kein Anschlag. Ich bin auf gut Glück hineingegangen, und es wurde zufällig gerade jemand gebraucht.«

»Wie lange hat es gedauert, bis Sie der Geliebte von Madame Planchon wurden?«

»Sagen Sie mal! Können Sie einfach so im Privatleben anderer Leute herumschnüffeln?«

»Planchon ist verschwunden.«

»Sagen Sie.«

»Sie müssen nicht antworten.«

»Und wenn ich es lasse?«

»Müßte ich meine eigenen Schlußfolgerungen daraus ziehen.«

Prou warf verächtlich hin:

»Nach einer Woche vielleicht.«

»Also Liebe auf den ersten Blick?«

»Es hat bei uns beiden gleich gefunkt.«

»Wußten Sie, daß es bei den meisten Ihrer Kollegen, wie Sie sagen, gefunkt hat?«

Prou stieg plötzlich das Blut ins Gesicht, und einige Sekunden lang biß er die Zähne aufeinander.

»Wußten Sie es?« insistierte Maigret.

»Das geht Sie nichts an.«

»Haben Sie sie geliebt?«

»Das ist meine Sache.«

»Wann hat Planchon Sie überrascht?«

»Er hat uns nicht überrascht.«

Maigret tat erstaunt.

»Ich dachte, er habe Sie in flagranti erwischt, und dann...«

»Was dann?«

»Einen Augenblick. Lassen Sie mich meine Gedanken ordnen. Sie waren also einer der Arbeiter Planchons, und als die Gelegenheit günstig war, schliefen Sie mit seiner Frau. Haben Sie zu der Zeit immer noch in der Rue Lepic gewohnt?«

»Ja.«

»Und eines schönen Tages sind Sie in das Haus in der Rue Tholozé gezogen und haben Planchon gewissermaßen aus seinem Bett verdrängt, um seinen Platz einzunehmen.«

»Haben Sie ihn gesehen?«

»Wen?«

»Planchon. Vorhin sagten Sie, er wollte Sie anrufen. Also hat er Sie gekannt. War er bei Ihnen? Hat er sich über uns beklagt?«

In solchen Augenblicken wurde Maigrets Blick leer, und er verfiel in eine aufreizende Passivität. Er schien die Frage nicht gehört zu haben und sah vage in die Richtung des Fensters, dabei zog er immer noch an seiner Pfeife und murmelte, wie für sich selbst:

»Ich versuche, mir die Szene vorzustellen. Planchon kommt nach Hause, abends, und findet im Eßzimmer eine Liege, die für ihn bestimmt ist. Der Mann muß doch wohl einigermaßen überrascht gewesen sein? Bis dahin hatte er noch nichts von dem gewußt, was sich hinter seinem Rücken abspielte, und plötzlich, von einem Augenblick auf den anderen, erfährt er, daß er nicht mehr in seinem Bett schlafen darf.«

»Finden Sie das lustig?«

Prou erschien äußerlich immer noch ruhig, doch sein Blick war hart und glänzend, und man hörte immer wieder das Knacken seiner Kiefer, die er zusammenpreßte.

»Lieben Sie sie so sehr?«

»Sie ist meine Frau!«

»Rechtmäßig ist sie noch die von Planchon. Warum hat sich Ihre Geliebte nicht scheiden lassen?«

»Weil zu einer Scheidung zwei gehören, und er weigerte sich hartnäckig...«

»Liebte er sie auch?«

»Was weiß ich. Das geht mich nichts an. Fragen Sie ihn doch selber. Wenn Sie ihn schon gesehen haben, wissen Sie so gut wie ich, daß das kein Mann ist. Ein Schlappschwanz! Ein heruntergekommenes Subjekt! Ein...«

Seine Stimme klang erregt.

»Er ist Isabelles Vater.«

»Und meinen Sie nicht, daß es Isabelle lieber ist, ich bin im Haus, als dieser Kerl, der sich jeden Abend betrinkt und sich dann auch noch manchmal auf dem Bett der Kleinen ausweint?«

»Er hat nicht getrunken, bevor Sie bei ihm angestellt waren.«

»Hat er Ihnen das gesagt? Und Sie haben ihm geglaubt? Dann brauchen wir nicht weiter miteinander zu reden, wir vergeuden nur unsere Zeit. Geben Sie mir den Vertrag wieder, stellen Sie mir die Fragen, die Sie mir noch stellen wollen, und dann Schluß. Stellen Sie mich ruhig als Schuft hin.«

»Da ist etwas, das ich noch nicht verstehe.«

»Nur etwas?« fragte Prou ironisch.

Als ob er es nicht gehört hätte, redete Maigret langsam und eintönig weiter:

»Jetzt ist es etwas mehr als zwei Wochen her, daß Planchon Ihnen seinen Anteil an der Firma übertragen hat. Ihre Geliebte und Sie sind jetzt also die Eigentümer. Planchon wollte doch sicher nicht bleiben und unter Ihnen arbeiten?«

»Deshalb ist er auch weggegangen.«

»Aber zwei Wochen lang ist er doch noch dageblieben.«

»Das überrascht Sie, weil Sie meinen, die Leute müßten sich so verhalten, daß es in Ihre Logik paßt. Dieser Mann hat sich eben nicht logisch verhalten. Sonst hätte er nämlich nicht zwei Jahre lang auf einer Liege geschlafen, während seine Frau mit mir nebenan lag. Begreifen Sie das?«

»Er hat sich also von der Unterzeichnung des Vertrags an damit abgefunden, daß er gehen muß?«

»So war es ausgemacht.«

»Sie hatten also gewissermaßen das Recht, ihn vor die Tür zu setzen.«

»Was weiß ich. Ich bin kein Anwalt. Immerhin haben wir ihm zwei Wochen Zeit gegeben.«

Der Kommissar hörte zu und sah dabei den schmächtigen Mann mit der Hasenscharte vor sich, wie er im Wohnzimmer am Boulevard Richard Lenoir seine Beichte ablegte, während hinter der Glastür der Tisch für das Abendessen gedeckt war. Planchon hatte etwas getrunken, wie er sagte, um sich Mut zu machen, und als Maigret merkte, daß es ihm schlechter ging, hatte er ihm Schlehenwasser eingeschenkt. Dennoch hatte das, was er sagte, irgendwie wahr geklungen.

Und doch... Hatte Maigret nicht schon am Samstagabend ein gewisses Unbehagen gespürt? Waren ihm nicht zwei oder drei Mal Zweifel gekommen, und war sein Blick nicht plötzlich härter geworden?

Planchons langer Monolog war voller Leidenschaft gewesen.

Doch auch Renée war an jenem Morgen zwar ruhiger, aber nicht weniger leidenschaftlich gewesen.

Und Prou, der sich bemühte, beherrscht zu bleiben, biß die Zähne zusammen.

»Warum meinen Sie, daß er sich am Montagabend plötzlich entschlossen hat?«

Der andere zuckte gleichgültig mit den Schultern.

»Hatte er die dreißigtausend bei sich?« fragte Maigret nach.

»Ich habe ihn nicht gefragt.«

»Was hat er damit gemacht, als Sie sie ihm zwei Wochen zuvor gegeben haben?«

»Er ist in den ersten Stock hinaufgegangen. Wahrscheinlich hat er sie irgendwo versteckt.«

»Hat er sie nicht zur Bank gebracht?«

»Nicht am selben Tag, denn das Ganze war abends, gleich nach dem Essen.«

»Im Büro?«

»Nein. Im Wohnzimmer. Wir haben gewartet, bis die Kleine schlief.«

»Hatten Sie schon vorher darüber gesprochen? War alles abgemacht, auch die Summe? Das Geld hatten Sie wohl schon im Büro?«

»Nein. Im Schlafzimmer.«

»Damit er es nicht an sich nehmen konnte?«

»Weil das Schlafzimmer unser Zuhause war.«

»Sie sind neunundzwanzig Jahre alt. Sie konnten höchstens nach Ihrer Zeit beim Militär etwas sparen. Wie konnten Sie in so kurzer Zeit so viel Geld beiseite legen?«

»Ich hatte nur einen Teil davon, genau ein Drittel.«

»Und wo haben Sie den Rest aufgetrieben?«

Er schien keineswegs verlegen. Im Gegenteil! Man hätte meinen können, er habe nur darauf gewartet, daß ihm der Kommissar diese Frage stellte, und er konnte kaum seine Befriedigung verhehlen, als er fortfuhr:

»Mein Vater hat mir Zehntausend geliehen. Er hat lange genug gearbeitet, um etwas zurücklegen zu können. Die anderen Zehntausend hat mir der Mann meiner Schwester geliehen. Er heißt Mourier, François Mourier, und er hat eine Metzgerei am Boulevard de Charonne.«

»Wann haben Sie sich das Geld geliehen?«

»Am Tag vor Weihnachten. Wir wollten am anderen Tag mit Planchon Schluß machen...«

»Schluß machen?«

»Na ja, ihm sein Geld geben und sehen, daß er das Haus verläßt! Sie haben mich doch genau verstanden.«

»Sie haben vermutlich Quittungen unterschrieben?«

»Ja, auch in der Familie muß alles seine Ordnung haben.«

Maigret schob ihm einen Notizblock und einen Bleistift hin.

»Schreiben Sie mir die genaue Adresse Ihres Vaters und Ihres Schwagers auf?«

»Sie trauen mir ja ungeheuer!«

Dennoch schrieb er die beiden Adressen auf. Seine Schrift war unbeholfen, aber regelmäßig, fast eine Schülerschrift. Als der Kommissar den Block zurücknahm, klingelte das Telefon.

»Hier ist Pirouet. Ich bin fertig. Wollen Sie zu mir kommen, oder soll ich zu Ihnen hinunterkommen?«

»Ich komme.«

Und zu Prou gewandt:

»Entschuldigen Sie mich einen Augenblick?«

Er ging durch das Büro nebenan, ließ die Tür offen und sagte zu Lapointe:

»Geh in mein Zimmer und paß auf ihn auf.«

Ein paar Minuten später kam er im Dachgeschoß an, er gab Moers die Hand, streifte die Puppe, die bei Rekonstruktionen verwendet wurde, und ging ins Labor.

Monsieur Pirouet stand mit schweißglänzendem Gesicht vor zwei noch feuchten Vergrößerungen, die mit Klammern aufgehängt waren.

»Und?«

»Ich muß Ihnen eine Frage stellen, Chef... Trinkt der Mann viel, der diese Papiere unterschrieben hat?«

»Warum?«

»Weil das die unterschiedliche Schrift erklären würde... Sehen Sie sich zuerst die Unterschrift auf dem Beleg von der Sozialversicherung an... Die Schrift ist nicht sehr fest... Ich würde sagen, die Schrift eines labilen Mannes, der trotzdem überlegt handelt... Kennen Sie ihn?«

»Ja. Ich habe ihm fast einen ganzen Abend lang gegenübergesessen.«

»Wollen Sie hören, was mein Eindruck von ihm ist?«

Und, als Maigret nickte:

»Es handelt sich hier um einen Menschen mit einer nur geringen Bildung, der sich aber trotzdem immer angestrengt hat. Er ist fast krankhaft schüchtern, zeigt aber dennoch Anflüge von Stolz. Er bemüht sich, einen ruhigen Eindruck zu machen, beherrscht zu wirken, obwohl es in Wirklichkeit in ihm gärt...«

»Nicht schlecht!«

»Irgend etwas ist mit seiner Gesundheit... Er ist krank oder hält sich dafür...«

»Und die Unterschrift unter dem Vertrag?«

»Genau deshalb habe ich Sie gefragt, ob er trinkt. Die Unterschrift ist ziemlich anders... Sie ist vielleicht von der gleichen Hand geschrieben, aber der Mann, der unterschrieben hat, war entweder betrunken oder äußerst erregt... Sehen Sie selbst... Vergleichen Sie... Hier sind die Schriftzüge regelmäßig, wenn auch ein wenig zittrig, wie bei einem Mann, der trinkt, aber zum Zeitpunkt des Unterschreibens nicht betrunken ist... Auf dem Kaufvertrag dagegen wirken alle Buchstaben verwackelt...«

»Meinen Sie, die Unterschriften stammen von einem einzigen Mann?«

»Wenn das stimmt, was ich Ihnen gerade gesagt habe, ja. Sonst wäre es eine Fälschung. Häufig sind Fälschungen auch ein wenig krakelig, und man erkennt die Merkmale der Erregung.«

»Ich danke Ihnen. Übrigens, haben diese beiden Schriften etwas gemeinsam?«

Er zeigte ihm die beiden Adressen, die Roger Prou ein paar Minuten zuvor auf ein Blatt geschrieben hatte. Monsieur Pirouet brauchte nur einen Blick darauf zu werfen.

»Nein, überhaupt nichts. Ich kann es Ihnen erklären.«

»Nicht jetzt. Ich danke Ihnen, Monsieur Pirouet.« Maigret nahm die Originaldokumente wieder an sich und ging in sein Stockwerk hinunter. Prou saß immer noch auf seinem Stuhl, Lapointe stand am Fenster.

»Du kannst uns allein lassen.«

»Und?« fragte Renées Geliebter.

»Nichts. Ich gebe Ihnen den Kaufvertrag zurück. Er ist vermutlich von Madame Planchon auf der Maschine geschrieben worden?«

»Das hat sie Ihnen sicher gesagt, oder nicht? Das ist kein Geheimnis.«

»War ihr Mann betrunken, als er unterschrieb?«

»Er wußte, was er tat. Wir haben ihn nicht hereingelegt. Das soll nicht heißen, daß er nicht ein paar Gläser getrunken hatte, wie immer um diese Zeit.«

»Hat Ihr Vater Telefon? Kennen Sie seine Nummer?«

Immer noch herablassend gab Prou ihm die Nummer, und der Kommissar wählte sie.

»Er heißt Gustave Prou. Sprechen Sie ruhig etwas lauter, er hört nicht mehr gut.«

»Monsieur Gustave Prou?... Verzeihen Sie, daß ich Sie störe. Ihr Sohn sitzt hier bei mir. Er gibt an, daß Sie ihm im Dezember zehntausend Franc geliehen haben... Ja... Er ist hier bei mir... Wie bitte?... Sie wollen ihn sprechen?«

Auch der Alte war mißtrauisch.

Maigret reichte Prou den Hörer.

»Ich bin es, Papa... Erkennst du meine Stimme?... Gut! Du kannst die Fragen beantworten, die man dir stellt... Nein! Nur eine Formalität... Ich werde es dir später erklären... Bis bald, ja... Alles in Ordnung... Ja, er ist gegangen... Nicht jetzt... Ich komme am Sonntag bei dir vorbei...«

Er gab dem Kommissar den Hörer zurück und sagte dann:

»Können Sie jetzt meine Frage beantworten?... Sie haben ihm zehntausend Franc geliehen?... Gut!... In Scheinen?... Sie haben sie am Tag davor von der Bank geholt?... Von der Sparkasse?... Ja, ich verstehe Sie... Hat Ihr Sohn Ihnen eine Quittung gegeben?... Ich danke Ihnen... Es wird jemand bei Ihnen vorbeikommen... Nur eine Überprüfung... Es reicht, daß Sie ihm diese Quittung zeigen... Einen Augenblick noch... An welchem Tag war das?... Am Tag vor Weihnachten?«

In Prous Augen spiegelten sich mehr denn je Herablassung und Ironie.

»Jetzt werden Sie vermutlich meinen Schwager anrufen?«

»Das eilt nicht. Ich zweifle nicht daran, daß er Ihre Aussagen bestätigt.«

»Kann ich gehen?«

»Es sei denn, Sie wollten eine Erklärung abgeben.«

»Was für eine Erklärung?«

»Ich weiß nicht. Sie könnten eine Ahnung haben, wohin Planchon gegangen ist, als er von der Rue Tholozé wegging. Er ist nicht sehr stark. – Zudem war er betrunken. Mit zwei Koffern beladen, kann er nicht weit gekommen sein.«

»Das ist doch Ihre Sache, nicht? Oder muß ich ihn jetzt auch wiederfinden?«

»Soviel verlange ich gar nicht von Ihnen. Sie sollen mir nur sagen, wenn Ihnen etwas einfällt, damit wir keine Zeit verlieren.«

»Warum haben Sie Planchon nicht selbst gefragt, als Sie ihn gesehen haben, oder als er Sie angerufen hat? Er könnte Ihnen diese Frage besser beantworten als ich.«

»Eigenartigerweise hatte er überhaupt nicht die Absicht, die Rue Tholozé zu verlassen.«

»Hat er Ihnen das gesagt?«

Jetzt versuchte Prou, etwas herauszubekommen.

»Er hat vieles gesagt.«

»War er hier?«

Trotz seiner Kaltblütigkeit spürte man eine gewisse Unruhe. Maigret antwortete absichtlich nicht, er sah ihn so gleichgültig wie möglich an, als würde er dem Gespräch keine Bedeutung mehr beimessen.

»Nur etwas wundert mich«, murmelte er dann doch.

»Was?«

»Ich weiß nicht, ob er seine Frau noch liebte oder ob er sie inzwischen haßte.«

»Das kam wohl ganz darauf an.«

»Was wollen Sie damit sagen?«

»Wie betrunken er war. Wenn er getrunken hatte, war er ein ganz anderer Mensch. Manchmal konnten wir nicht schlafen, weil er nebenan vor sich hinbrummelte, und wir uns fragten, ob er nichts im Schilde führte.«

»Was, zum Beispiel?«

»Können Sie sich das nicht vorstellen? Und ich will Ihnen noch etwas sagen ... Ich habe es immer so eingerichtet, daß ich auf derselben Baustelle war wie er, damit ich ein Auge auf ihn haben konnte. Und wenn er tagsüber in die Rue Tholozé gehen wollte, bin ich mit ihm gegangen. Ich hatte Angst um Renée.«

»Glauben Sie, er wäre fähig gewesen, sie zu töten?«

»Er hat ihr manchmal gedroht.«

»Sie umzubringen?«

»So genau hat er das wohl nicht gesagt. Wenn er getrunken hatte, sprach er mit sich selbst und setzte eine vielsagende Miene auf. Ich könnte nicht wörtlich wiedergeben, was er sagte. Es war immer ein wenig zusammenhanglos.

›Ich bin nur ein Feigling. Na gut! Jeder macht sich über mich lustig. Aber sie werden schon sehen.‹

Können Sie sich das vorstellen? In solchen Momenten funkelten seine Augen vor Bosheit. Er tat so, als sei alles schon beschlossen. Manchmal hat er plötzlich laut herausgelacht.

›Armer Planchon! Armer kleiner Niemand, mit einem Gesicht, das die Leute anwidert. Aber vielleicht ist der Niemand gar nicht so feige.‹«

Maigret hörte aufmerksam und ein wenig beklommen zu, denn all dies schien nicht erfunden zu sein. Er hatte Planchon am Boulevard Richard-Lenoir gesehen, und der Mann, den Prou jetzt mit unbarmherziger Ironie nachahmte, der Planchon aus der Rue Tholozé, war tatsächlich dieselbe Person, war kaum überzeichnet.

»Glauben Sie, er hatte tatsächlich die Absicht, seine Frau zu töten?«

»Ich bin sicher, daß er daran gedacht hat und daß es ihm immer wieder einfiel, wenn er genügend getrunken hatte.«

»Und Sie?«

»Mich vielleicht auch.«

»Und seine Tochter?«

»Isabelle hätte er wahrscheinlich nicht angerührt. Aber wer weiß! Wenn er das ganze Haus mit einer Bombe hätte in die Luft jagen können.«

Maigret erhob sich seufzend und ging unentschlossen zum Fenster.

»Sie selbst sind nie auf den Gedanken gekommen?«

»Renée umzubringen?«

»Nicht sie. Ihn!«

»So wären wir ihn sicher am schnellsten losgewesen. Aber Sie können mir glauben, daß ich nicht zwei Jahre lang gewartet hätte, wenn ich die Absicht gehabt hätte. Können Sie sich vorstellen, was diese beiden Jahre für uns bedeutet haben, wie uns dieser Kerl genervt hat?«

»Und wie war es für ihn?«

»Er hätte es früher einsehen und fortgehen müssen. Wenn einen die Frau nicht liebt, wenn sie einen anderen liebt, wenn sie es einem ins Gesicht sagt, dann weiß man doch, was man zu tun hat.«

Auch er war aufgestanden. Er war nicht mehr so ruhig, seine Stimme wurde heftiger.

»Und trotzdem vergiftet er uns noch immer das Leben. Sie verhören Renée zu Hause, meine Arbeiter laden Sie vor, und seit mehr als einer Stunde wollen Sie mich zu irgendwelchen Geständnissen bringen. Haben Sie noch Fragen? Bin ich noch auf freiem Fuß? Kann ich jetzt gehen?«

»Sie können gehen.«

»Leben Sie wohl!«

Beim Hinausgehen knallte er die Tür ins Schloß.

7

An diesem Abend konnte Maigret fernsehen, im warmen Zimmer, Pantoffeln an den Füßen, neben ihm seine Frau, die strickte, aber er wäre lieber an der Stelle von Janvier und Lapointe gewesen, die auf dem Montmartre, den er so gut kannte, in den Straßen, die ihm vertraut waren, jeder für sich von Bistro zu Bistro gingen, von einem gelblichen Licht zu einem helleren, von einer altmodischen Einrichtung zu einer moderneren, vom Biergeruch zum Calvadosduft.

Natürlich war er glücklich gewesen, als er befördert wurde, als er endlich Kriminalkommissar war. Trotzdem dachte er manchmal wehmütig an die Zeit zurück, da er in den Winternächten frierend auf der Lauer gelegen hatte, da er tagelang eine Conciergewohnung nach der anderen abgeklappert hatte, gelernt hatte, sie an ihren Gerüchen zu unterscheiden und immer wieder die gleiche, scheinbar nutzlose Frage gestellt hatte. Machte man es ihm nicht höheren Orts zum Vorwurf, daß er, vom Jagdfieber gepackt, seinen Schreibtisch allzu gern im Stich ließ? Wie hätte er den Leuten dort, vor allem denen von der Staatsanwaltschaft, erklären können, daß er die Dinge mit eigenen Augen sehen, ihre Witterung aufnehmen, ihre Atmosphäre auf sich wirken lassen mußte?

Ein seltsamer Zufall wollte es, daß im Fernsehen eine

Tragödie von Corneille lief. Könige und Krieger deklamierten auf dem Bildschirm edle Verse, die ihn an die Schule erinnerten, und es war ein eigenartiges Gefühl, alle halbe Stunde vom Läuten des Telefons unterbrochen zu werden, Janviers Stimme zu hören – er rief als erster an –, der mit viel weniger Emphase sagte:

»Ich glaube, ich habe eine Spur, Chef. Ich rufe aus einer Bar in der Rue Germain-Pilon an, zweihundert Meter von der Place des Abbesses. Sie heißt Au Bon Coin. Der Wirt ist schon schlafen gegangen. Seine Frau bedient an der Theke und setzt sich nachher an den Ofen. Kaum hatte ich die Hasenscharte erwähnt, hat sie sich an ihn erinnert.

›Ist ihm etwas zugestoßen?‹ hat sie mich gefragt.

›Er kam oft, gegen acht abends, ein oder zwei Gläser trinken. Die Katze hat ihn wohl gemocht, sie strich ihm an den Beinen entlang, und er bückte sich, um sie zu streicheln...‹

Die Bar ist klein, düster, mit schmuddeligen Wänden. Ich weiß nicht, warum sie noch geöffnet hat. Da sitzt nämlich nur noch ein alter Mann am Fenster und trinkt seinen Grog.«

»Hat sie Planchon seit letzten Montag nochmal gesehen?«

»Nein. Sie ist ziemlich sicher, daß er am Montag zum letzten Mal hier war. Jedenfalls hat sie gestern zu ihrem Mann gesagt, der Gast mit der Hasenscharte sei nicht mehr hier gewesen und sie frage sich, ob er nicht krank sei.«

»Hat er ihr nie etwas erzählt?«

»Er redete fast nichts. Er tat ihr leid, sie fand, er sehe

unglücklich aus, und sie hat versucht, ihn aufzumuntern.«

»Such weiter.«

Janvier würde wieder in die Kälte und die Dunkelheit eintauchen, ein wenig weiter in das nächste Café eintreten und dann wieder ins nächste. Lapointe nicht anders.

Auf dem Bildschirm betrachtete Maigret wieder die Helden Corneilles, im Sessel saß seine Frau und sah ihn fragend an.

Um halb zehn rief Lapointe von der Rue Lepic an, aus einer anderen Bar, die größer und heller war, in der die Stammgäste Karten spielten und in der er auf Planchons Spur gestoßen war.

»Immer noch Cognac, Chef! Hier wußte man, wer er war und daß er in der Rue Tholozé wohnte, weil man ihn am Tag am Steuer seines Lieferwagens gesehen hatte, auf dem in großen Buchstaben sein Name stand. Er tat ihnen leid. Wenn er kam, war er schon halb betrunken. Er sprach mit niemand. Einer der Kartenspieler erinnert sich, daß er am Montag zum letzten Mal hier war. Er aß zwei harte Eier, die er aus dem Drahtkorb an der Theke nahm.«

Janvier hatte wohl den falschen Weg erwischt, denn er rief bald darauf an und sagte, er sei umsonst in fünf Bistros gewesen. Niemand schien den Mann mit der Hasenscharte zu kennen.

Sänger und Sängerinnen hatten auf dem Bildschirm die Corneilleschen Helden abgelöst, als Lapointe gegen elf Uhr zum zweiten Mal anrief. Er wirkte aufgeregt.

»Ich habe Neuigkeiten, Chef. Ich frage mich, ob wir

uns nicht besser am Quai des Orfèvres treffen sollten. Hier ist eine Frau, die ich durch die Tür der Telefonzelle beobachte, damit sie mir nicht entwischt...

Ich bin in einer Brasserie an der Place Blanche. Sie hat eine verglaste Terrasse, die von zwei Kohlenbecken geheizt wird. Sind Sie noch am Apparat?«

»Ich höre.«

»Der erste Kellner, an den ich mich gewandt habe, kennt Planchon vom Sehen. Offenbar ist er immer ziemlich spät am Abend hierher gekommen und war meistens nicht mehr ganz sicher auf den Beinen. Er setzte sich auf die Terrasse und bestellte Bier...«

»Wohl um die Cognacs hinunterzuspülen, die er schon intus hatte.«

»Ich weiß nicht, ob Sie die Brasserie kennen. Zwei oder drei Mädchen sitzen ständig auf der Terrasse und nehmen die Passanten unter die Lupe. Sie holen sich ihre Freier am Ausgang des Kinos nebenan.

Der Kellner hat mich zu einer von ihnen geschickt.

›Hier! Fragen Sie Clémentine. So heißt sie. Sie kann Ihnen mehr sagen als ich. Ich habe sie mehrmals zusammen weggehen sehen.‹

Sie hat sofort erraten, daß ich von der Polizei bin und wollte zunächst nicht mit der Sprache heraus.

›Was hat er angestellt?‹ hat sie nur gefragt. ›Warum suchen Sie ihn? Warum sollte ich ihn kennen?‹

Allmählich ist sie dann doch gesprächiger geworden, und ich glaube, was sie mir gesagt hat, wird Sie interessieren. Ich denke sogar, man sollte ihre Aussage zu Protokoll nehmen, solange sie noch dazu bereit ist. Was soll ich tun?«

»Du nimmst sie mit zum Quai des Orfèvres. Ich werde etwa gleichzeitig mit dir dort sein.«

Madame Maigret holte ihm schon resigniert seine Schuhe.

»Soll ich ein Taxi rufen?«

»Ja.«

Er zog seinen Mantel über und vergaß auch seinen Schal nicht. Gerade hatte er einen Grog getrunken, weil er immer noch das Gefühl hatte, daß eine Grippe im Anzug war.

Am Quai des Orfèvres grüßte er den einsamen Wachposten, stieg die breite, graue, kaum beleuchtete Treppe hinauf, ging durch den leeren Flur, machte Licht in seinem Büro, öffnete die Tür zum Büro der Inspektoren. Lapointe war schon da, den Hut noch auf dem Kopf, und eine Frau stand von ihrem Stuhl auf.

Zur gleichen Stunde gingen überall in Paris Hunderte von Frauen, die ihr wie Schwestern glichen, in den nächtlichen Straßen auf und ab, nicht weit von Hotels, deren Türen unauffällig geöffnet waren.

Sie trug extrem hohe Stöckelschuhe, und ihre Beine waren mager, die ganze untere Hälfte ihres Körpers war lang und dünn. Nur von den Hüften an aufwärts war sie dicker, und das Mißverhältnis ihrer Proportionen war umso deutlicher, als sie einen kurzen Fellmantel mit langen Haaren trug, der aussah wie ein Ziegenfell.

Ihr Gesicht war bonbonrosa geschminkt, die Wimpern kohlrabenschwarz, wie bei einer Puppe.

»Mademoiselle war so freundlich, mitzukommen«, sagte Lapointe liebenswürdig.

Und sie antwortete ironisch, aber nicht böse:

»Als ob Sie mich nicht in jedem Fall mitgeschleppt hätten!«

Der Kommissar schien sie zu beeindrucken, sie musterte ihn vom Kopf bis zu den Füßen.

Er zog seinen Mantel aus und gab ihr zu verstehen, daß sie sich wieder setzen sollte. Lapointe hatte sich vor eine Schreibmaschine gesetzt, bereit, das Protokoll aufzunehmen.

»Wie heißen Sie?«

»Antoinette Lesourd. Meistens nenne ich mich Sylvie. Antoinette klingt so altmodisch. Es ist der Name meiner Großmutter, und...«

»Sie haben Planchon gekannt?«

»Ich wußte nicht, daß er so hieß. Er kam fast jeden Abend in die Brasserie, und er hatte immer Schlagseite. Am Anfang dachte ich, er sei ein Witwer, der seinen Kummer ersäuft. Er sah so unglücklich aus.«

»Hat er Sie angesprochen?«

»Nein, ich. Und beim ersten Mal sah es ganz so aus, als wolle er sich aus dem Staub machen. Da habe ich zu ihm gesagt:

›Ich habe auch schon Kummer gehabt. Ich weiß, wie das ist... Ich war mit einem Nichtsnutz verheiratet, der eines schönen Tages mit meiner Tochter verschwunden ist.‹

Als ich von meiner Tochter gesprochen habe, ist er plötzlich zugänglicher geworden.«

Und zu Lapointe gewandt:

»Wollen Sie das nicht aufschreiben?«

»Nur das Wesentliche«, antwortete Maigret.

»Wann haben Sie ihn kennengelernt?«

»Vor Monaten. Warten Sie. Im Sommer habe ich in Cannes gearbeitet, wo die amerikanische Flotte vor Anker lag. Ich bin im September zurückgekommen. Ich muß ihn Anfang Oktober kennengelernt haben.«

»Ist er gleich am ersten Abend mit Ihnen gegangen?«

»Nein. Er hat mir etwas spendiert. Dann sagte er, er müsse nach Hause, weil er früh wieder aufstehen und arbeiten müsse und weil es schon spät sei. Er ist erst zwei oder drei Tage später mitgegangen.«

»Zu Ihnen?«

»Ich nehme nie jemand mit zu mir. Das würde die Concierge auch nicht dulden. Wir leben in einem anständigen Haus. Im ersten Stock wohnt sogar ein Richter... Normalerweise gehe ich in ein Hotel in der Rue Lepic. Kennen Sie es? Machen Sie denen bloß keine Schwierigkeiten. Mit den ganzen neuen Bestimmungen weiß man nie, woran man ist.«

»Ist Planchon oft mit Ihnen gegangen?«

»Nicht oft. Insgesamt vielleicht zehn Mal. Und manchmal wollte er gar nichts von mir.«

»Hat er Ihnen etwas erzählt?«

»Einmal sagte er:

›Sehen Sie! Die haben doch recht. Ich bin nicht einmal ein richtiger Mann.‹«

»Hat er Ihnen nichts von sich erzählt?«

»Ich hatte natürlich seinen Ehering gesehen. Und eines Abends habe ich ihn gefragt:

›Hast du Probleme mit deiner Frau?‹ Und er antwortete, seine Frau habe es nicht verdient, an einen Mann wie ihn zu geraten.«

»Wann haben Sie ihn zum letzten Mal gesehen?«

An Lapointes Blick über die Schreibmaschine hinweg sah Maigret, daß er jetzt zum interessantesten Punkt gekommen war.

»Montag abend.«

»Warum sind Sie so sicher, daß es Montag war?«

»Weil ich am Tag darauf geschnappt worden bin und vierundzwanzig Stunden im Untersuchungsgefängnis gesessen habe. Sie können Ihre Kollegen fragen. Ich muß auf der Liste stehen. Sie haben eine ganze grüne Minna voll dorthin verfrachtet.«

»Wie spät war es, als er am Montag in die Brasserie kam?«

»Kurz vor zehn. Ich war gerade erst gekommen, denn auf dem Montmartre hat es keinen Zweck, früh anzufangen.«

»In welchem Zustand war er?«

»Er konnte kaum noch stehen. Ich sah gleich, daß er mehr getrunken hatte als gewöhnlich. Er setzte sich neben mich, auf die Terrasse, neben das Kohlenbecken. Er schaffte es nicht, den Arm zu heben, um den Kellner zu rufen, und er stammelte:

›Einen Cognac. Und einen für Madame.‹

Wir haben uns fast gestritten. Ich wollte nicht, daß er in seinem Zustand noch mehr trinkt, aber er blieb stur.

›Ich bin krank‹ sagte er. ›Mir hilft nur ein großer Cognac.‹«

»Ist Ihnen sonst nichts aufgefallen?«

Wieder ein Blick von Lapointe.

»Doch. Ein kurzer Satz, den ich nicht verstanden habe. Zwei oder drei Mal hat er gesagt:

›Er will mir auch nicht glauben.‹«

»Hat er das nicht erläutert?«

»Er murmelte:

›Mach dir nichts draus. Ich versteh es. Und du wirst es eines Tages auch verstehen.‹«

Maigret erinnerte sich an den Tonfall, in dem Planchon ihm an eben jenem Montag, wenige Stunden vor dieser Szene, am Telefon von der Place des Abbesses aus gesagt hatte:

»Ich danke Ihnen.«

Er hatte nicht nur Bitterkeit herausgehört und Enttäuschung, sondern auch etwas, das wie eine Drohung klang.

»Sie sind zusammen ins Hotel gegangen?«

»Er wollte es. Aber als wir draußen waren, ist er der Länge nach auf den Gehsteig gefallen. Ich habe ihm wieder hochgeholfen. Er schämte sich.«

›Ich werde ihnen zeigen, daß ich ein Mann bin‹, wimmerte er.

Ich mußte ihn stützen. Ich wußte, daß ihn der Besitzer des Hotels nicht in diesem Zustand hineinlassen würde, und ich wollte auch nicht, daß er sich in meinem Zimmer übergibt.

›Wo wohnst du?‹, habe ich ihn gefragt.

›Da oben.‹

›Wo da oben?‹

›Rue Tho... Rue Tho...‹

Er konnte kaum noch richtig sprechen.

›Rue Tholozé?‹

›Ja... Ganz... Ganz...‹

Das war nicht gerade lustig, kann ich Ihnen sagen!

Ich hatte Angst, daß uns ein Polizist entdecken und denken würde, ich schleppe ihn ab. Dann hätte man sicher gemeint, ich hätte ihn so betrunken gemacht. Ich will nichts Schlechtes über die Polizei sagen, aber Sie müssen schon zugeben, daß sie manchmal...«

»Erzählen Sie weiter. Haben Sie ein Taxi gerufen?«

»Aber nicht doch! Ich war pleite. Ich habe ihn beim Gehen gestützt. Wir brauchten fast eine halbe Stunde, bis wir oben an der Rue Tholozé waren. Immer wieder blieb er mit wackeligen Knien stehen, und vor jedem Bistro erzählte er mir von neuem, ein großer Cognac würde ihm wieder auf die Beine helfen. Schließlich hielt er vor einem Hoftor an, und dort fiel er wieder hin. Das Tor war nicht geschlossen. Im Hof stand ein Lieferwagen mit einem Namen drauf, den ich in der Dunkelheit nicht lesen konnte. Ich habe ihn erst an der Haustür losgelassen.«

»Sahen Sie Licht in den Fenstern?«

»Durch die Läden im Erdgeschoß drang ein wenig Licht. Ich habe ihn gegen die Wand gelehnt und gehofft, daß er sich lange genug würde aufrechthalten können, dann habe ich geklingelt und bin weggelaufen.«

Solange sie gesprochen hatte, hatte man ununterbrochen das Klappern der Schreibmaschine gehört.

»Ist ihm etwas zugestoßen?«

»Er ist verschwunden.«

»Hoffentlich kommt niemand auf die Idee, daß ich es gewesen sein könnte?«

»Seien Sie unbesorgt.«

»Meinen Sie, ich muß vor dem Richter erscheinen?«

»Ich hoffe nicht. Und wenn, dann hätten Sie nichts zu befürchten.«

Lapointe hatte das Blatt aus der Maschine gezogen und reichte es der Frau.

»Soll ich das lesen?«

»Und unterschreiben.«

»Und ich bekomme keine Schwierigkeiten?«

Schließlich unterschrieb sie in einer großen, ungelenken Schrift.

»Und was soll ich jetzt tun?«

»Sie können gehen.«

»Und Sie glauben, ich finde jetzt noch einen Bus?«

Maigret nahm einen Schein aus seiner Tasche.

»Hier, nehmen Sie sich ein Taxi.«

Sie war kaum gegangen, als das Telefon klingelte. Es war Janvier, der am Boulevard Richard-Lenoir angerufen und von Madame Maigret erfahren hatte, daß ihr Mann am Quai des Orfèvres war.

»Es gibt nichts Neues, Chef. Ich bin vom Boulevard Rochechouard bis zur Place d'Anvers gegangen. Und dann noch durch zehn kleine Straßen.«

»Du kannst schlafen gehen.«

»Hat Lapointe etwas erfahren?«

»Ja. Wir erzählen es dir morgen.«

Maigret hatte, als er nach Hause ging, nur eine Befürchtung: daß er am Morgen mit Fieber aufwachen würde. Er spürte immer noch ein unangenehmes Kitzeln in der Nase, und er hatte das Gefühl, daß seine Augenlider brannten. Außerdem schmeckte seine Pfeife nicht wie sonst.

Seine Frau machte ihm noch einen Grog. Er

schwitzte die ganze Nacht. Am anderen Morgen saß er um neun Uhr, mit einem leichten Gefühl der Leere im Kopf, im Vorzimmer der Staatsanwaltschaft, wo man ihn gut zwanzig Minuten warten ließ, bevor der Vertreter des Staatsanwalts kam.

Der Kommissar mußte einen düsteren Eindruck machen, denn der Anwalt fragte ihn:

»Nun, macht Ihnen der Mann, den Sie vorgeladen haben, Schwierigkeiten?«

»Nein, aber es gibt Neuigkeiten.«

»Hat man Ihren Malermeister wiedergefunden. Wie hieß er noch?«

»Planchon. Man hat ihn nicht gefunden. Wir konnten rekonstruieren, wie er den Montagabend verbracht hat. Als er nach Hause kam, kurz vor elf Uhr abends, war er so betrunken, daß er sich nicht mehr auf den Beinen halten konnte und daß er zwischen der Place Blanche, wo er ein letztes Glas getrunken hat, und der Rue Tholozé mehrmals stürzte.«

»War er allein?«

»Eine Prostituierte, bei der er schon mehrere Male gewesen ist, stützte ihn.«

»Glauben Sie ihr?«

»Ich bin davon überzeugt, daß sie die Wahrheit sagt. Sie hat an der Haustür geklingelt, bevor sie wegging, und sie ließ Planchon mehr oder minder sicher an die Wand gelehnt allein zurück. Es ist unmöglich, daß derselbe Mann ein paar Minuten später in den ersten Stock gegangen ist, zwei große Koffer mit seinen Sachen gepackt, sie hinuntergeschleppt hat und mit ihnen auf die Straße gegangen ist.«

»Er könnte etwas genommen haben, um wieder nüchtern zu werden. Es gibt da Medikamente.«

»Dann hätten seine Frau und Prou etwas davon gesagt.«

»Prou ist der Liebhaber, nicht? Ihn haben Sie doch vorgeladen? Was sagt er?«

Mit schweren Gliedern und glühend heißem Kopf berichtete Maigret geduldig von den dreißigtausend Francs und den Quittungen. Zuerst sprach er von der Quittung mit der Unterschrift Planchons.

»Monsieur Pirouet, unser Handschriftenexperte, legt sich nicht eindeutig fest. Seiner Ansicht nach kann das Papier von Planchon in betrunkenem Zustand unterzeichnet worden sein, die Schrift würde jedoch ähnlich aussehen, wenn sie von jemand anderem nachgemacht worden wäre.«

»Warum sprechen Sie von mehreren Quittungen?«

»Weil Prou am 24. Dezember zwanzigtausend Francs geliehen hat, zehntausend von seinem Vater und zehntausend von seinem Schwager. Einer meiner Männer hat die Quittungen fotografiert. Nach der Quittung des Schwagers muß die Summe in fünf Jahren zurückgezahlt werden, und Prou bezahlt sechs Prozent Zinsen. Die Quittung des Vaters dagegen legt fest, daß die Summe in zwei Jahren und zinslos zurückgezahlt werden muß.«

»Meinen Sie, daß die Quittungen nur der Form halber ausgestellt worden sind?«

»Nein! Meine Mitarbeiter haben es nachgeprüft. Am 23. Dezember, dem Tag vor der Übergabe des Geldes, hat Prous Vater zehntausend Francs in bar von seinem

Guthaben bei der Sparkasse abgehoben – etwas mehr als zwanzigtausend Francs. Der Schwager, Mourier, hat sich am selben Tag die gleiche Summe von seinem Postscheckkonto auszahlen lassen.«

»Aber haben Sie nicht von dreißigtausend gesprochen?«

»Die restlichen zehntausend hat Roger Prou von seinem Konto beim Crédit Lyonnais abgehoben. Zu diesem Zeitpunkt waren also tatsächlich dreißigtausend Francs in bar in dem Haus in der Rue Tholozé.«

»An welchem Tag wurde der Kaufvertrag unterzeichnet?«

»Am 29. Dezember. Es sieht ganz so aus, als hätten Prou und seine Geliebte schon vor Weihnachten alles vorbereitet und dann nur noch auf eine Gelegenheit gewartet, um den Ehemann unterschreiben zu lassen.«

»Dann begreife ich aber nicht…«

Als wollte er alles noch komplizierter machen, fügte Maigret hinzu:

»Monsieur Pirouet hat die Tinte der Unterschrift analysiert. Er kann zwar kein genaues Datum angeben, aber er ist sicher, daß sie älter ist als zwei Wochen.«

»Was wollen Sie jetzt unternehmen? Den Fall auf sich beruhen lassen?«

»Ich bin hier, weil ich einen Durchsuchungsbefehl von Ihnen möchte.«

»Nach all dem, was Sie mir gerade gesagt haben?«

Maigret nickte, obwohl er selbst nicht sehr überzeugt wirkte.

»Was wollen Sie in dem Haus finden? Die Leiche Ihres Planchon?«

»Wohl kaum.«

»Das Geld?«

»Ich weiß nicht.«

»Bestehen Sie wirklich darauf?«

»Planchon war am Montagabend um elf Uhr nicht mehr fähig zu gehen.«

»Warten Sie einen Augenblick. Die Verantwortung kann ich nicht übernehmen. Ich sage dem Staatsanwalt Bescheid.«

Maigret blieb etwa zehn Minuten lang allein.

»Er ist auch nicht viel begeisterter als ich, vor allem jetzt, wo die Polizei ohnehin keine gute Presse hat. Aber, na ja!«

Das hieß trotz allem ja, und wenig später hatte der Kommissar den Durchsuchungsbefehl in der Tasche. Es war zehn Minuten vor zehn. Er riß die Tür zum Büro der Inspektoren auf, Lapointe war nicht da, aber Janvier.

»Nimm dir im Hof einen Wagen. Ich komme gleich hinunter.«

Dann rief er den Erkennungsdienst an und gab Moers Instruktionen.

»Sie sollen so schnell wie möglich dort sein. Und nimm die Besten.«

Dann ging auch er hinunter und setzte sich neben Janvier in den kleinen schwarzen Wagen.

»Rue Tholozé.«

»Haben Sie den Durchsuchungsbefehl?«

»War schwer genug. Ich mag gar nicht daran denken, was mich erwartet, wenn wir nichts finden und die Frau oder ihr Liebhaber Krach schlagen...«

Er war so in seine Gedanken versunken, daß ihm die Sonne ganz entging, die seit Tagen zum ersten Mal herauskam. Während Janvier berichtete, schlängelte er sich zwischen den Bussen und den Taxis hindurch.

»Normalerweise arbeiten diese Leute samstags nicht. Ich glaube, die Gewerkschaften wollen es nur zulassen, wenn der Stundenlohn verdoppelt wird. Also wird Prou wohl zu Hause sein.«

Er war nicht da. Renée öffnete ihnen, nachdem sie sie durch ein Fenster betrachtet hatte, und sie war mißtrauischer, mürrischer denn je.

»Schon wieder!« rief sie aus.

»Prou ist nicht da?«

»Er muß eine dringende Arbeit fertigmachen. Was wollen Sie dieses Mal?«

Maigret zog den Durchsuchungsbefehl aus der Tasche und reichte ihn ihr.

»Sie wollen im Haus herumschnüffeln? Das schlägt doch dem Faß den Boden aus.«

Ein kleiner Lastwagen des Erkennungsdienstes fuhr vollgepackt mit Männern und Geräten in den Hof.

»Und die da, was wollen die?«

»Meine Mitarbeiter. Es tut mir leid, aber es wird einige Zeit dauern.«

»Das gibt ja eine Riesenunordnung!«

»Ich fürchte, ja.«

»Und Sie sind sicher, daß Sie das Recht dazu haben?«

»Der Durchsuchungsbefehl ist vom Vertreter des Staatsanwalts unterschrieben.«

Sie zuckte mit den Schultern.

»Das nützt mir auch nichts! Ich weiß ja nicht einmal, wer das ist!«

Dennoch ließ sie sie hinein, aber sie sah sie alle finster an.

»Ich hoffe, Sie sind fertig, bis meine Tochter aus der Schule kommt?«

»Das kommt darauf an.«

»Worauf?«

»Was wir finden.«

»Könnten Sie mir vielleicht sagen, was Sie suchen?«

»Ihr Mann ist doch am Montagabend mit zwei Koffern weggegangen, nicht?«

»Ich habe es Ihnen doch gesagt.«

»Dann hat er wohl die dreißigtausend Francs mitgenommen, die Prou ihm am 29. Dezember ausgezahlt hat?«

»Was weiß ich. Wir haben ihm das Geld gegeben, und es ging uns nichts an, was er damit machte.«

»Er hat sie nicht auf sein Konto bei der Bank eingezahlt.«

»Haben Sie das nachgeprüft?«

»Ja. Sie sagten selbst, daß er keine Freunde hatte. Es ist also nicht wahrscheinlich, daß er das Geld jemand gegeben hat.«

»Worauf wollen Sie hinaus?«

»Seit dem 29. Dezember kann er das Geld nicht ständig mit sich herumtragen. Dreißigtausend sind ein ganz schöner Packen.«

»Na und?«

»Nichts.«

»Suchen Sie das Geld?«

»Ich weiß nicht.«

Die Spezialisten hatten sich schon an die Arbeit gemacht und in der Küche angefangen. Sie beherrschten ihr Metier und gingen methodisch vor, keine Ecke blieb undurchsucht. Sie suchten nicht nur in der Mehldose, der Zuckerdose und der Kaffeedose, sondern auch in den Abfalleimern.

Dabei gingen sie so behende vor, daß alles wie einstudiert wirkte und die Frau ihnen mit fast bewunderndem Staunen zusah.

»Wer bringt das alles wieder in Ordnung?«

Maigret antwortete nicht.

»Kann ich telefonieren?«, fragte sie.

Sie rief in der Wohnung in der Rue Lamark an, eine gewisse Madame Fajon, und bat sie, den Maler sprechen zu können, der bei ihr arbeitete.

»Bist du es?... Sie sind wieder da... Ja, der Kommissar, mit einem Haufen Leute, die die ganze Wohnung auf den Kopf stellen... Einer fotografiert sogar... Nein! Sie haben anscheinend einen Durchsuchungsbefehl... Sie haben mir ein Papier gezeigt, das vom Stellvertreter des Staatsanwalts unterschrieben sein soll... Ja... Es wäre mir lieber, wenn du kommen würdest...«

Sie sah Maigret finster und immer noch irgendwie herausfordernd an.

Einer der Männer kratzte Flecke vom Parkettboden des Eßzimmers und sammelte den Staub in kleinen Tüten.

»Was macht der da? Findet er meinen Fußboden nicht sauber genug?«

Ein anderer klopfte mit einem kleinen Hammer die Wände ab, die Fotografien und Reproduktionen an den Wänden wurden eine nach der anderen abgehängt und anschließend mehr oder minder schief wieder angebracht.

Zwei Männer waren ins erste Stockwerk hinaufgegangen, wo man sie hin- und hergehen hörte.

»Wollen sie das auch bei meiner Tochter machen?«

»Ich fürchte, ja.«

»Was soll ich Isabelle sagen, wenn sie nach Hause kommt?«

Es war das einzige Mal, daß Maigret scherzte:

»Daß wir Schatzsuchen gespielt haben. Sie haben kein Fernsehgerät?«

»Nein. Wir wollten nächsten Monat eines kaufen.«

»Warum sagen Sie *wollten*?«

»Wollten, wollen, das ist doch dasselbe, oder nicht? Wenn Sie meinen, ich sei noch in der Verfassung, auf jedes Wort zu achten.«

Jetzt hatte sie offensichtlich Janvier wiedererkannt!

»Wenn ich daran denke, daß der da, ich weiß nicht einmal mehr unter welchem Vorwand, sämtliche Räume des Hauses ausgemessen hat.«

Man hörte einen Wagen, der in den Hof einfuhr, eine Tür, die zugeschlagen wurde, eilige Schritte. Renée kannte sie offenbar, denn sie ging sofort zur Tür.

»Sieh mal!« sagte sie zu Roger Prou. »Sie durchwühlen alles, sogar meine Töpfe und meine Wäsche. Oben, im Zimmer der Kleinen, sind auch welche.«

Prou musterte den Kommissar, seine Lippen zitterten vor Wut.

»Haben Sie ein Recht dazu?« fragte er mit zitternder Stimme.

Maigret reichte ihm den Durchsuchungsbefehl.

»Und wenn ich einen Anwalt anrufen würde?«

»Das ist Ihr gutes Recht. Er kann allerdings auch nur bei der Durchsuchung dabeisein.«

Gegen Mittag hörte man das Klappen des Briefkastendeckels, und Maigret sah durch das Fenster, daß Isabelle nach Hause kam. Ihre Mutter lief ihr entgegen und schloß sich mit ihr in der Küche ein, wo die Männer vom Erkennungsdienst ihre Arbeit schon beendet hatten.

Sicher hätte eine Befragung der Kleinen einige interessante Erkenntnisse ergeben, aber wenn es nicht unbedingt nötig war, verhörte Maigret Kinder nur höchst ungern.

Die Durchsuchung des Büros war ergebnislos verlaufen. Ein Teil der Männer ging zum Schuppen hinten im Hof, einer stieg in den Lieferwagen.

Sie leisteten Präzisionsarbeit, und alle hatten sie viel Routine.

»Könnten Sie einen Augenblick heraufkommen, Herr Kommissar?«

Prou, der zugehört hatte, folgte Maigret auf die Treppe.

Das Kinderzimmer, in dem ein Plüschbär noch auf dem Bett saß, sah aus, als sei ein Umzug geplant. Der Spiegelschrank war in eine Ecke geschoben worden. Kein Möbelstück stand mehr an seinem Platz, und der rötliche Linoleumbelag auf dem Fußboden war beiseitegeschoben.

Eine der Holzdielen war herausgelöst worden.

»Sehen Sie, hier...«

Was Maigret zuerst sah, war Prous Gesicht, der im Türrahmen stand. Sein Ausdruck hatte sich so verhärtet, daß der Kommissar für alle Fälle rief:

»Vorsicht da unten.«

Aber Prou lief nicht davon, wie man vielleicht hätte erwarten können. Er ging auch nicht in das Zimmer hinein. Er verspürte offenbar gar kein Bedürfnis, sich über das Loch im Fußboden zu beugen, in dem ein in Zeitungspapier eingewickeltes Paket lag.

Es wurde nichts angefaßt, bevor der Fotograf dagewesen war. Anschließend wurden von den grauen Dielen Fingerabdrücke abgenommen.

Dann endlich konnte Maigret sich bücken, das Paket herausholen und öffnen. Es enthielt drei Bündel Geldscheine, jedes zu hundert Scheinen. In einem waren die Scheine neu und knisterten.

»Haben Sie etwas zu sagen, Prou?«

»Ich weiß von nichts.«

»Sie haben das Geld nicht in dieses Versteck gelegt?«

»Warum sollte ich?«

»Sie behaupten immer noch, daß Ihr ehemaliger Chef am Montagabend mit zwei Koffern weggegangen ist, in die er seine Sachen gepackt hatte, und daß er die dreißigtausend hiergelassen hat?«

»Dazu habe ich nichts zu sagen.«

»Sie haben den Linoleumteppich nicht hochgehoben, ein Brett aus dem Boden gelöst und das Geld versteckt?«

»Ich weiß nur das, was ich Ihnen gestern schon gesagt habe.«

»War es Ihre Geliebte?«

In seinem Blick lag etwas wie ein leichtes Zögern.

»Was sie getan oder nicht getan hat, geht mich nichts an.«

8

Was sie getan oder nicht getan hat, geht mich nichts an.

Dieser Satz, der Ton, in dem er gesagt worden war, der Blick, der ihn begleitete, sollte Maigret in den folgenden Monaten nicht mehr aus dem Gedächtnis gehen.

An diesem Samstag brannte am Quai des Orfèvres das Licht bis in den frühen Morgen. Im eigenen Interesse hatte der Kommissar den beiden geraten, sie sollten sich jeder einen Anwalt nehmen. Da sie keinen kannten, hatte man ihnen eine Liste der Anwaltskammer gegeben, und sie hatten sich auf gut Glück einen ausgesucht.

So waren die gesetzlichen Vorschriften genau eingehalten worden. Einer der Anwälte, der von Renée, war jung und blond, und sie hatte, als könne sie nicht anders, sofort angefangen, mit ihm zu flirten. Der Anwalt Prous dagegen war schon älter, seine Krawatte war schlecht gebunden, seine Wäsche schmuddelig, seine Fingernägel schwarz, und man sah im Geiste, wie er den ganzen Tag lang in den Fluren des Justizpalastes auf Klientenfang ging.

Zehnmal, zwanzigmal, hundertmal stellte Maigret die immergleichen Fragen, mal Renée Planchon, mal Prou, mal beiden zugleich.

Anfangs, als sie einander gegenübergestellt wurden, schienen sie sich durch Blicke zu verständigen. Mit dem Fortgang der Verhöre jedoch, als sie immer wieder für eine gewisse Zeit getrennt und dann wieder gemeinsam vernommen wurden, sprach zunehmend Mißtrauen aus ihren Augen.

Als er sie zum ersten Mal gesehen hatte, hatte Maigret nicht ohne Bewunderung an ein Paar wilder Tiere denken müssen.

Jetzt gab es das Paar nicht mehr. Sie waren beide einsame wilde Tiere, und man spürte, daß bald der Augenblick kommen würde, in dem sie einander am liebsten zerrissen hätten.

»Wer hat auf Ihren Mann eingeschlagen?«

»Ich weiß nichts davon. Ich weiß nicht, ob ihn jemand geschlagen hat. Ich bin nach oben gegangen, bevor er wegging.«

»Sie haben mir gesagt...«

»Ich weiß nicht mehr, was ich gesagt habe. Sie haben mich mit Ihren Fragen völlig durcheinandergebracht.«

»Wußten Sie, daß die dreißigtausend im Zimmer Ihrer Tochter waren?«

»Nein.«

»Haben Sie nicht gehört, wie Ihr Geliebter die Möbel verrückt, den Linoleum hochgehoben, eine Diele aus dem Parkettboden herausgelöst hat?«

»Ich bin nicht immer im Haus... Ich sage Ihnen doch, ich weiß von nichts. Sie können mich so lange verhören, wie Sie wollen, ich kann Ihnen trotzdem nicht mehr sagen.«

»Sie haben auch nicht gehört, wie der Lieferwagen

in der Nacht von Montag auf Dienstag vom Hof fuhr?«

»Nein.«

»Die Nachbarn haben es aber gehört.«

»Wie schön für sie.«

Das stimmte nicht. Maigret hatte es da mit einem ziemlich plumpen Trick versucht. Die Concierge des Nachbarhauses hatte nichts gehört. Ihre Wohnung lag allerdings auch auf der dem Hof entgegengesetzten Seite. Auch die Vernehmung der Mieter hatte nichts ergeben.

Prou wiederholte hartnäckig, was er dem Kommissar bei seinem ersten Verhör am Quai des Orfèvres gesagt hatte.

»Ich war im Bett, als er nach Hause kam. Renée stand auf und ging ins Eßzimmer. Ich habe sie ziemlich lang miteinander reden hören. Dann ist jemand in den ersten Stock hinaufgegangen.«

»Sie haben nicht hinter der Tür gelauscht?«

»Was ich Ihnen gesagt habe, stimmt.«

»Haben Sie alles gehört, was nebenan passierte?«

»Nicht besonders gut.«

»Ihre Geliebte hätte Planchon umbringen können, ohne daß Sie es gemerkt hätten?«

»Ich habe mich wieder hingelegt und bin sofort eingeschlafen.«

»Bevor Ihr ehemaliger Chef wegging?«

»Ich weiß nicht.«

»Sie haben nicht gehört, wie das Hoftor zufiel?«

»Ich habe gar nichts gehört.«

Die Anwälte unterstützten ihre Klienten, machten

sich deren Auffassung zu eigen. Um fünf Uhr morgens wurden Prou und seine Geliebte getrennt ins Untersuchungsgefängnis gebracht. Maigret blieb nur eine Stunde im Bett, dann trank er fünf oder sechs Tassen schwarzen Kaffee, bevor er einmal mehr in die für seinen Geschmack viel zu vornehmen Büros der Staatsanwaltschaft ging. Obwohl Sonntag war, durfte er diesmal mit dem Staatsanwalt persönlich sprechen, und er blieb fast zwei Stunden mit ihm allein.

»Die Leiche hat man immer noch nicht gefunden?«

»Nein.«

»Keine Blutspuren im Haus oder im Lieferwagen?«

»Bis jetzt nicht.«

Ohne Leiche konnte keine Mordanklage erhoben werden. Es blieben also nur die Geldscheine, die, wie die Quittung bewies, Planchon gehörten, und die ohne jeden Grund unter dem Fußboden in Isabelles Zimmer verborgen worden waren.

Isabelle war in ein Kinderheim gebracht worden.

Am Montagmorgen konnte Maigret die beiden noch drei Stunden im Beisein ihrer Anwälte verhören, dann nahm ein Untersuchungsrichter den Fall in die Hand. Dies waren die neuen Methoden, mit denen man sich eben abfinden mußte.

Hatte der Richter mehr Erfolg als er? Er wußte es nicht, denn man machte sich nicht die Mühe, ihn auf dem laufenden zu halten.

Erst eine Woche später wurde am Wehr von Suresnes eine Leiche aus der Seine gezogen. Etwa zehn Personen, vor allem Besitzer der Bars vom Montmartre, in denen Planchon jeden Abend gewesen war, und die Frau, die sich Sylvie nannte, identifizierten ihn.

Prou und Renée, die getrennt voneinander an die verweste Leiche geführt wurden, brachten die Zähne nicht auseinander.

Nach dem Gutachten des Gerichtsmediziners war Planchon durch mehrere Schläge auf den Kopf getötet worden, die ihm mit einem schweren, wahrscheinlich in Stoff eingewickelten Gegenstand versetzt worden waren.

Anschließend hatte man ihn in einen Sack verschnürt. Über diesen Sack und den Strick, mit dem er zugebunden war, sollten sich später die Experten streiten. In dem Schuppen hinten im Hof hatte man nämlich ähnliche Säcke entdeckt, und die Stricke, mit denen die Leitern zusammengebunden wurden, schienen aus einem ähnlichen Material zu sein.

Von all dem erfuhr Maigret monatelang nichts. Der Frühling kam, und die Kastanienbäume blühten. Die Menschen ließen ihre Mäntel zu Hause. Ein junger Engländer wurde als der Dieb entlarvt, der die Schmuckdiebstähle in den großen Hotels begangen hatte. In Australien entdeckte Interpol seine Spur und in Italien einige der gestohlenen Steine, allerdings schon aus den Fassungen gelöst.

Der Fall Planchon kam erst wenige Tage vor den Gerichtsferien vor das Schwurgericht, und Maigret war mit einigen bekannten und unbekannten Gesichtern im Zeugenzimmer eingeschlossen.

Als er dann in den Zeugenstand gerufen wurde, zeigte ihm schon sein erster Blick auf die beiden

Angeklagten, daß die leidenschaftliche Liebe Renée Planchons und Prous sich ganz allmählich in Haß verwandelt hatte.

Jeder versuchte, die eigene Haut zu retten und den Verdacht auf den anderen zu lenken. Sie bedachten sich mit mitleidlosen, bitterbösen Blicken.

»Schwören Sie, die Wahrheit zu sagen, und nichts als die Wahrheit.«

Er hob die Hand, wie er es schon so oft im Zeugenstand getan hatte.

»Ich schwöre es!«

»Berichten Sie den Geschworenen, was Sie über diesen Fall wissen.«

Auch jetzt wieder schauten die beiden Angeklagten voller Groll zu ihm herüber. War nicht er es, der die Ermittlungen in Gang gebracht hatte, und dem sie ihre Festnahme verdankten?

Der Mord war ganz offensichtlich vorsätzlich und von langer Hand vorbereitet worden. War Prou nicht so raffiniert gewesen, am 24. Dezember zwanzigtausend Francs von seinem Vater und seinem Schwager zu leihen?

Mußte es nicht völlig natürlich erscheinen, daß man einem Säufer sein Geschäft abkaufte, das er nicht mehr führen konnte?

Die Quittungen waren echt. Das Geld war ganz eindeutig ausgezahlt worden.

Nur hatte Planchon nie etwas davon erfahren. Er wußte nicht, was sich in seinem eigenen Haus zusammenbraute. Wenn er auch ahnte, daß man ihn ausschalten wollte, wußte er doch nicht, daß die Dinge schon in die Wege geleitet worden waren oder daß seine Frau am 29. Dezember, oder jedenfalls um diese Zeit herum, einen falschen Vertrag tippte, unter den man seine Unterschrift setzte.

Wer? Renée oder ihr Liebhaber?

Auch darüber stritten sich die Experten endlos, und es fielen auch einige süßsaure Bemerkungen.

»Am Samstagabend...« begann Maigret.

»Sprechen Sie lauter.«

»Als ich am Samstagabend zu mir nach Hause kam, wartete dort ein Mann auf mich.«

»Kannten Sie ihn?«

»Ich kannte ihn nicht, aber wegen seiner Hasenscharte erriet ich sofort, wer er war... Seit fast zwei Monaten nämlich fragte Samstagnachmittags ein Mann mit seinem Aussehen am Quai des Orfèvres nach mir und verschwand dann wieder, bevor ich Gelegenheit hatte, mit ihm zu sprechen.«

»Es handelte sich eindeutig um Léonard Planchon?«

»Ja.«

»Was wollte er von Ihnen?«

Der Kommissar stand den Geschworenen gegenüber und wandte den beiden Angeklagten den Rücken zu, so daß er ihre Reaktion nicht sehen konnte.

Waren sie nicht verblüfft, daß er ihnen wider Erwarten Schützenhilfe leistete?

Der Vorsitzende mußte mit der Räumung des Saals drohen, so unruhig wurde es, als Maigret klar und deutlich sagte:

»Er teilte mir mit, daß er seine Frau und deren Geliebten töten wollte.«

Im Geiste bat er Planchon um Verzeihung. Aber hatte er nicht wenige Augenblicke zuvor geschworen, die Wahrheit zu sagen und nichts als die Wahrheit?

Als die Ruhe wieder hergestellt war, konnte er die weiteren Fragen des Vorsitzenden beantworten. Doch nach Beendigung seiner Aussage konnte er die Verhandlung nicht weiter verfolgen, da er zu einem Verbrechen in einem Luxusappartement der Rue Lauriston gerufen wurde.

Die beiden Angeklagten legten kein Geständnis ab. Dennoch waren die Indizien so belastend, daß die Geschworenen die Frage nach der Schuld mit einem Ja beantworteten.

Es war eine Ironie des Schicksals, daß gerade Maigrets Aussage Roger Prous Kopf rettete und ihm mildernde Umstände einbrachte.

»Sie haben die Aussage des Kommissars gehört«, hatte der Anwalt plädiert. »Es ging nur darum, wer zuerst handelte. Auch wenn mein Mandant getötet hat, befand er sich in gewisser Weise in einer Notwehrsituation.«

Antoinette, das Mädchen mit den langen Beinen und den breiten Hüften, das sich Sylvie nannte, war im Saal, als der Vorsitzende des Schwurgerichts das Urteil verkündete.

Zwanzig Jahre für Roger Prou, acht Jahre für Renée Planchon, die ihren ehemaligen Liebhaber so haßerfüllt ansah, daß es den Zuschauern kalt über den Rücken lief.

»Haben Sie das gelesen, Chef?«

Janvier zeigte Maigret eine Zeitung, die eben erst

herausgekommen war und die das Urteil auf der ersten Seite veröffentlichte.

Der Kommissar warf nur einen kurzen Blick darauf und murmelte:

»Armer Kerl!«

Hatte er vor Gericht nicht das Gefühl gehabt, er verrate den Mann mit der Hasenscharte, dessen letzte Worte am Telefon gelautet hatten:

»Ich danke Ihnen.«

Noland, 27. Februar 1962

Stanley G. Eskin
Simenon
Eine Biographie

Aus dem Amerikanischen
von Michael Mosblech

Stanley G. Eskins Biographie stützt sich auf Gespräche mit Simenon, mit Verwandten, Freunden, Verlegern des Autors sowie auf das riesige, erst bruchstückhaft erschlossene Material des Simenon-Archivs in Lüttich.

»Eskin erzählt so anschaulich, als habe er von dem Gegenstand seiner Studien die einfache, farbige, spannende Erzählweise gelernt.«
Frankfurter Allgemeine Zeitung

»Mit dem Index, den zahlreichen Anmerkungen, der vollständigen Bibliographie der Werke und der Verfilmungen wird dieser Band sicher die große umfassende Biographie des Schriftstellers werden. Eskin hält auch mit persönlichen Urteilen nicht zurück; sein Buch verdient daher Aufmerksamkeit und Hochachtung.«
Die Welt, Bonn

»Ich konnte nie glauben, daß Simenon wirklich existiert. Seine ungeheure Produktion, mein immer neues Staunen über die Vollkommenheit seiner Erzählungen, die psychologische Genauigkeit seiner unendlich vielen Figuren, die Eindrücklichkeit der Landschaftsbeschreibungen vermittelten mir stets das Bild eines hinreißenden Schriftstellers, das aber so ungreifbar und unbestimmt blieb wie etwa das Bild des Frühlings, des Meeres, das Bild von Weihnachten – Bilder, die man mit Vergnügen und unbewußtem Wohlbehagen in sich aufnimmt und erlebt, ohne daß sie imstande wären, die Begriffe in ihrer Dinghaftigkeit und Identität vollständig zu verkörpern.« *Federico Fellini*

»Mit Sicherheit das umfassendste Werk, das je über mich geschrieben wurde.« *Georges Simenon*

Georges Simenon
im Diogenes Verlag

● Romane

Drei große Romane
Der Mörder / Der große Bob / Drei Zimmer in Manhattan. Deutsch von Linde Birk und Lothar Baier. detebe 21596

Brief an meinen Richter
Roman. Deutsch von Hansjürgen Wille und Barbara Klau. detebe 20371

Der Schnee war schmutzig
Roman. Deutsch von Willi A. Koch
detebe 20372

Die grünen Fensterläden
Roman. Deutsch von Alfred Günther
detebe 20373

Im Falle eines Unfalls
Roman. Deutsch von Hansjürgen Wille und Barbara Klau. detebe 20374

Sonntag
Roman. Deutsch von Hansjürgen Wille und Barbara Klau. detebe 20375

Bellas Tod
Roman. Deutsch von Elisabeth Serelmann-Küchler. detebe 20376

Der Mann mit dem kleinen Hund
Roman. Deutsch von Stefanie Weiss
detebe 20377

Drei Zimmer in Manhattan
Roman. Deutsch von Linde Birk
detebe 20378

Die Großmutter
Roman. Deutsch von Linde Birk
detebe 20379

Der kleine Mann von Archangelsk
Roman. Deutsch von Alfred Kuoni
detebe 20584

Der große Bob
Roman. Deutsch von Linde Birk
detebe 20585

Die Wahrheit über Bébé Donge
Roman. Deutsch von Renate Nickel
detebe 20586

Tropenkoller
Roman. Deutsch von Annerose Melter
detebe 20673

Ankunft Allerheiligen
Roman. Deutsch von Eugen Helmlé
detebe 20674

Der Präsident
Roman. Deutsch von Renate Nickel
detebe 20675

Der kleine Heilige
Roman. Deutsch von Trude Fein
detebe 20676

Der Outlaw
Roman. Deutsch von Liselotte Julius
detebe 20677

Die Glocken von Bicêtre
Roman. Neu übersetzt von Angela von Hagen. detebe 20678

Der Verdächtige
Roman. Deutsch von Eugen Helmlé
detebe 20679

Die Verlobung des Monsieur Hire
Roman. Deutsch von Linde Birk
detebe 20681

Der Mörder
Roman. Deutsch von Lothar Baier
detebe 20682

Die Zeugen
Roman. Deutsch von Anneliese Botond
detebe 20683

Die Komplizen
Roman. Deutsch von Stefanie Weiss
detebe 20684

Die Unbekannten im eigenen Haus
Roman. Deutsch von Gerda Scheffel
detebe 20685

Der Ausbrecher
Roman. Deutsch von Erika Tophoven-Schöningh. detebe 20686

Deutschsprachige Thriller
im Diogenes Verlag

● **Jakob Arjouni**
Ein Mann, ein Mord
Ein Kayankaya-Roman. Leinen

Happy birthday, Türke!
Ein Kayankaya-Roman. detebe 21544

Mehr Bier
Ein Kayankaya-Roman. detebe 21545

● **Robert Benesch**
Außer Kontrolle
Roman. detebe 21081

● **Kurt Bracharz**
Pappkameraden
Roman. detebe 21475

● **Peter Bradatsch**
Waschen, Schneiden, Umlegen
Ein Dutzend Kriminalgeschichten
detebe 21272

● **Beat Brechbühl**
Kneuss
Roman. detebe 21416

● **Claude Cueni**
Schneller als das Auge
Roman. detebe 21542

● **Friedrich Dürrenmatt**
Der Richter und sein Henker
Kriminalroman. detebe 21435

Der Verdacht
Kriminalroman. detebe 21436

Das Versprechen /
Aufenthalt in einer kleinen Stadt
Erzählungen. detebe 20852

Justiz
Roman. detebe 21540

● **Friedrich Glauser**
Wachtmeister Studer
Roman. detebe 21733

Die Fieberkurve
Roman. detebe 21734

Matto regiert
Roman. detebe 21735

Der Chinese
Roman. detebe 21736

Krock & Co.
Roman. detebe 21737

Der Tee der drei alten Damen
Roman. detebe 21738

● **E.W. Heine**
Toppler
Ein Mordfall im Mittelalter. Mit zahlreichen
Vignetten des Autors. Leinen

Kille Kille
Makabre Geschichten. detebe 21053

Hackepeter
Neue Kille Kille Geschichten. detebe 21219

Kuck Kuck
Noch mehr Kille Kille Geschichten
detebe 21692

Wer ermordete Mozart?
Wer enthauptete Haydn?
Mordgeschichten für Musikfreunde
detebe 21437

Wie starb Wagner?
Was geschah mit Glenn Miller?
Neue Geschichten für Musikfreunde
detebe 21514

Das Glasauge
Neue Kille Kille Geschichten. detebe 22471

● **Otto Jägersberg**
Der Herr der Regeln
Roman. detebe 21612

● **Hans Werner Kettenbach**
Minnie
oder Ein Fall von Geringfügigkeit
Roman. detebe 21218

Schmatz oder Die Sackgasse
Roman. detebe 21732